旧院

付秀莹

著

四川人民出版社

图书在版编目（CIP）数据

旧院 / 付秀莹著. —— 成都：四川人民出版社，
2025. 1. —— ISBN 978—7—220—13940—6

Ⅰ. I25

中国国家版本馆 CIP 数据核字第 20248RD665 号

JIU YUAN

旧院

付秀莹　著

责任编辑	唐　婧　彭梓君
责任校对	申婷婷
封面设计	张　科
内文设计	张迪茗
责任印制	祝　健

出版发行	四川人民出版社（成都三色路 238 号）
网　址	http://www.scpph.com
E-mail	scrmcbs@sina.com
新浪微博	@四川人民出版社
微信公众号	四川人民出版社
发行部业务电话	（028）86361653　86361656
防盗版举报电话	（028）86361653
照　排	四川胜翔数码印务设计有限公司
印　刷	成都国图广告印务有限公司
成品尺寸	143mm×210mm
印　张	7
字　数	110 千
版　次	2025 年 1 月第 1 版
印　次	2025 年 1 月第 1 次印刷
书　号	ISBN 978—7—220—13940—6
定　价	48.00 元

旧　院

目　录
CONTENTS

「旧 院」

一

　　村子里的人都知道，旧院指的是我姥姥家的大院子。为什么叫旧院呢，这个问题，我一直没有想过。当然，也许有一天，我想了，可是没有想明白。甚至，也可能问了大人，一定是没有得到满意的答案。我歪着头，发了一会儿呆，很快就忘记了。是啊，有那么多有趣的事情，爬树，掏蚂蚁窝，粘知了，逮喇叭虫。这些，是我童年岁月里的好光阴，明亮而跳跃。我忘不了。

　　旧院是一座方正的院子，在村子的东头。院子里有一棵枣树，很老了。巨大的树冠几乎覆盖了半个房顶。春天，枣花开了，雪白的一树，很繁华了。到了秋天，累累的果实，在茂密的枝叶间，藏也藏不住。我们这些小孩子，简直馋得很，吮着指头，仰着脸，眼巴巴地看着表哥攀上树枝，摘了枣子，往下扔。我们锐叫着，追着满院子乱跑的枣子，笑。每年秋天，姥姥总要做醉枣，装在陶罐里，拿黄泥把口封严。过年的时候，这是我们最爱的零嘴了。

姥姥是一个很爽利的老太太。年轻的时候，大概也是个美人。端庄的五官，神态安详，眼睛深处，纯净，清澈，也有饱经世事的沧桑。头发向后面拢去，一丝不苟，在脑后梳成一只光滑的髻。在我的记忆里，似乎，她一直就是这种发式。姥姥一生，共生养了九个儿女，其中有三个夭折了，留下六个女儿。我的母亲，是老二。

谁会相信呢，姥姥这样一个人，竟然会嫁给姥爷。并且，一生为他吃苦。说起来，姥爷祖上原是有些根基的，在乡间，也算是大户人家。后来，到了姥爷的父亲这一辈，就败落了。姥爷的母亲，我不大记得了。在姥姥的描述里，是一个刁钻的婆婆，专门同儿媳妇过不去。姥爷是家里的独子，幼年丧父。寡母把独子视为命，视为自己一世艰辛的见证。儿子是她的私有物，谁都不允许分享，即便是儿媳妇。有坚硬强势的母亲，往往有软弱温绵的儿子。在姥爷身上，有一种典型的纨绔气质。当然，我不是说姥爷是吃喝嫖赌的纨绔子弟——以当时的家境，也当不起这个字眼。我是说，气质，姥爷身上有一种气质，怎么说，闲散，落拓，乐天，也懦弱，却是温良的。在他母亲面前，永远是诺诺的。而对姥姥，却有一种近乎骄横的依赖。里里外外，全凭了姥姥的独力支撑。姥爷则从旁冷眼看着，袖着手，偶尔从衣兜里摸出一把炒南瓜子，或者是花生，嘎巴嘎巴剥着，悠闲自在。老一辈的说法，不孝有三，无后为大。姥姥生养了九个儿女，竟没有给翟家留下一点香火，真是大不孝了。只为这一条，姥姥在翟家就须做小伏低。作为一个女人，她欠他们。姥姥日夜辛劳，带着六个女儿，不，是五个——大女儿，也就是我的大姨，被寄养在姨姥姥家。姨姥姥是姥姥的姐姐，嫁给了一位军人，膝下荒凉，就把我大姨要了过去做女儿。姨姥姥家境殷实，把大姨爱如掌上明珠。虽如此，后来，大姨成人之后，始终对这件事耿耿于怀。甚至，有一回，她来看望姥姥，言语间争执起来，大姨说，我早就知道你不喜欢我，那么多姊妹，单单把我送了人。姥姥一时气结，哭了。她再没想到，有一天，自己的女儿会这样指责自己。当然，这是多年以后的事情了。

那时候，还有生产队。生产队，我一直对这个词怀有深厚的感情。在乡村生活过的人，那一代，有谁不知道生产队呢？人们在一起劳动，男人和女人，他们一边劳动，一边说笑。阳光照下来，田野上一片明亮，不知道谁说了什么，人们都笑起来。一个男人跑出人群，后面，一个女人在追，笑骂着，把一把青草掷过去，也不怎么认真。我坐在地头的树底下，饶有兴味地看着这一切。那时，我几岁。总之，那时，在我小小的心里，劳动这个词，是世界上最美好的事情了。它包含了很多，温暖，欢乐，有一种世俗的喜悦和欢腾。如果劳动这个词有颜色的话，我想它一定是金色的，明亮，坦荡，热烈，像田野上空的太阳，有时候，你不得不把眼睛微微眯起来，它的明亮里有一种甜蜜的东西，让人莫名地忧伤。

我很记得，村子中央，有一棵老槐树，经了多年的风雨，很沧桑了。树上挂了一口钟，生满了暗红的铁锈。上工的时候，队长就把钟敲响了。当当的钟声，沉郁，苍凉，把小小的村庄都洞穿了。人们陆续从家里出来，聚到树下，听候队长派活。男人们吸着旱烟，女人们拿着纳了一半的鞋底子。若是夏天，也有人胳膊底下夹着一束麦秸秆，手里飞快地编小辫。水点子顺着麦秸淌下来，哩哩啦啦洒了一路。村子里骤然热闹起来。说话声，笑声，咳嗽声，乱哄哄的，半晌也静不下来。我姥姥带着女儿们，也在这里面。这些女儿当中，只有小姨上过学，念到了六年级，在当时，很难得了。有人重重咳嗽一声，清清嗓子，人群渐渐安静下来。生产队长开始派活了。

生产队，是记工分的。姥姥是个性格刚强的女人，时时处处都不甘人后。多年以后，人们说起来，都唏嘘道，干起活兲，不要命呢。我至今也不明白，姥姥那样一个秀气的身子，怎么能够扛起那么重的生活的重担。姥爷呢，则永远是悠闲的，袖着手，置身事外。我姥爷最喜欢的事情，是扛上他那支心爱的猎枪，去打野物。我们这地方，没有山，一马平川的大平原。有河套。河套里面，又是另一番世界。成片的树林，沙滩，野草疯长，不知名的野花，星星点点，绚烂极了。夏天的清晨，刚下过雨，我们相约着去河套里拾菌子。在我们的方言里，这菌子有一个很奇崛的名字，带着儿化音，很好听。我到现在都不知道是哪两个字。这种野菌子肥大，白嫩，采回来，仔细洗净沙子，清炒，有一种肉香，是那个年代难得的美味。河套里，还有荆条子，人们用锋利的刀割了，背回家，编筐。青黄不接的时候，人们也去河套里挖扫帚苗，摘蒺藜。村里的果园子也在河套。大片的苹果树，梨树，一眼望不到头。秋天，分果子的时候，通往河套的村路上，人欢马叫，一片欢腾。对于我姥爷来说，河套的魅力在于那片茂密的树林。常常，我姥爷背着猎枪，在河套的树林里转悠，一待就是大半天。黄昏的天光从树叶深处漏下来，偶尔，有一只雀子叫起来，跟着一片喧嚣。忽然就静下来。四下里寂寂的，光阴仿佛停滞了。我姥爷抬头看一看树巅，眼神茫然。他在想什么？我说过，我姥爷的身上，有一种纨绔气质。这是真的。弯弯的村路上，一个男人慢慢走着，肩上扛着猎枪，枪的尾部，一只野兔晃来晃去，有时候，或者是一只野鸡。这是他的猎物。夕阳照在他的身上，把他的影子拉得很虚，很长。

通常情况下，我姥姥对我姥爷的猎物不表达态度。几个女儿倒围上来，七嘴八舌地叫着，知道这两天的生活会有所改善。姥爷把东西往地下一扔，舀水洗手，矜持地沉默着。这沉默里有炫耀，也有示威，全是孩子气的。在这个家庭中，以姥姥为首，姥爷除外，全是女将。姥爷这个唯一的男人，在性别上就很有优越感。姥姥比姥爷大。姥爷的角色，倒更像一个孩子，懒散，顽劣，有时候七会使性子，耍赖皮。对此，姥姥总是十分地容让。当然，也生气。有一回，也忘了因为什么，姥姥发了脾气，把一只瓦盆摔个粉碎。姥爷呆在当地，觑着姥姥的脸色，终于没有发作。

二

在我的记忆里，旧院，总是喧哗的。我的几个姨们，像一朵朵鲜花，有的正在盛期，有的含苞欲放。她们正处在一生中最光华的岁月。她们白天下地干活，晚上回到家，她们凑在一处，在灯下绣鞋垫。谁不知道鞋垫呢？可是，你一定不知道，鞋垫这种东西，在我们这个地方，被赋予了超越实用价值的审美性和情感性。姑娘们绣的鞋垫，尤其如此。我们这个地方，男女定亲以后，女方是要给男方绣鞋垫的。一则是表情达意的方式，二则呢，也有显示女红功夫的意思。为此，女孩子在很早的时候，就开始跟在姐姐们后面，细细揣摩鞋垫的事情了。花样，颜色，针法。她们从旁仔细观察着，暗暗记在心底——比如，是鸳鸯戏水呢，还是燕双飞？是纯色呢，还是杂色？是剪绒呢，还是十字绣？她们看着，比较着，一面在心里反复思量。这是天大的事。她们把一生的梦想和隐秘的心事，都托付给这小小的鞋垫了。直到现在，我依然记得，在旧院，一群姑娘坐在一处，绣鞋垫。阳光静静地照着，偶尔也有微风，一朵枣花落下来，沾在发梢，或者鬓角，悄无声息。也不知道谁说了什么，几个人就哧哧笑了。一院子的树影。两只麻雀在地上寻寻觅觅。母鸡红着一张脸，咕咕叫着，骄傲而慌乱。

姥姥家女儿多，因此，旧院成了村子里姑娘们的根据地。她们喜欢扎在一堆，说悄悄话。谁刚刚相看了一个，谁定亲了，谁的婆家今年正月里要摆席，谁的女婿生得排场，出手也大方。我们这个地方，只要定了亲，就称女婿了。谁谁的女婿，说起来，比对象这个词更多了几分昵近和家常。女婿们，在没过事之前，总是遭打劫的目标。方言中，过事就是结婚的意思。这地方的人喜欢就近，再远，也出不了邻近的几个村子。有时候，在路上碰上一个小伙子，只要有人喊一声那姑娘的名字，小伙子就得乖乖地束手就擒。姑娘家，免了烟酒，左不过押着那个慌乱的女婿，去村子里的供销社买些零食，水果糖，花生米，也有黑枣———一种枣子，黑褐色，甜而黏，有极小的核，这东西我已经多年没吃到了。大家捧着缴获的战利品，跑进旧院，吃着，评判着。逢这个时候，我就格外高兴，在人群里钻来钻去，横竖不肯离开半步。

我说过，旧院只有小姨上过学，在姑娘们当中，算是有文化的人了。小姨生得好看，为人也温厚，在村子里，很得人缘。那时候，村子里老是开会。各种各样的会，叫得上名目的，叫不上名目的，大的，小的。每次开会，总有我小姨。开会的时候，小姨总带上我。我现在依然记得，大队部的一间屋子，墙上挂满了奖状和锦旗，让人眼花缭乱，木头的长椅，斑驳的绿漆，我依在小姨身旁，开会。讲话的人是大队干部，叫作老权的。我看着他的嘴，一张一合，很用力，可是，我听不懂。我心想，他在说什么呢？忽然，从他嘴里蹦出一个词，他说，起码，我们要——我心里一闪，骑马。这回我听懂了。我一下子来了兴趣。骑马。这事情有趣。我等着他的下文，他却再也不提骑马的事了。可能是他忘了。我失望极了。下午的阳光从窗子里照过来，细细的飞尘，在明亮的光束里活泼泼地游动。我把头歪在小姨身上，我困了。后来，直到现在，一提起开会，我就会想到那间屋子，挂满了锦旗和奖状，木头的长椅，阳光里的飞尘，还有，骑马。真的。起码。我只要一看见这个词，就会想起另一个词。骑马。这真是没有办法的事。

在乡下生活过的人，一定知道露天电影。那时候，公社里有放映队，农闲时节，就下来，挨着村子放。早在几天前，消息就已经传开了。放什么电影，好看不好看，有没有副片。副片的意思，就是在正式放电影之前的小片，比如科教片，宣传片，总之，副片往往枯燥，无趣，远远不及正片的动人心魄。我们都憎恨副片。然而，憎恨里也有希望，因为我们知道，副片之后，正片就会如期而至。有时候，禁不住电影的吸引，我们也会跑到邻村，先睹为快。小姨抱着我，把我放在一段矮墙上，前面是黑压压的人群，密密的脑袋，在遥远的银幕前晃来晃去。轮到在自己村子放的时候，就从容多了。然而也慌乱。早早地吃过饭，姑娘们呼朋引伴，去占地方。远远地，在村子的场地上，一面白的幕布已经悬挂起来了。正反两面，摆满了各种各样的板凳，高高低低。性急的孩子们坐在板凳上，维护着自己的地盘。小姨她们挤在一条长凳上，说着闲话，吃吃笑着，偶尔，你推我一下，我捶你一拳。一股淡淡的雪花膏的香味弥漫开来，很好闻。后排，不知什么时候，就有了一群小伙子。他们说话，哄笑，接人物的台词，怪声怪气，有时，吹一声口哨，响亮，佻达，让人脸红心跳。姑娘群中，就有人轻轻骂一句，然而也就笑了。空气里有一种东西在慢慢发酵，变得黏稠，甜味中带着微酸。我坐在小凳子上，第一次，我感觉到，男女之间，竟然有那样一种莫名的东西，微妙，紧缩，兴奋，不可言说，却有一种蚀骨的力量。其实，我全不懂。然而，当时，我以为，我是懂得了。

有一个姑娘，同小姨极要好，叫作英罗的。英罗的父亲在县城的药厂上班。因此，英罗家里就常常有一些新鲜的东西。比如，《大众电影》。这真是一本漂亮的杂志。彩色的插页，那些演员，神仙一般的人物，他们的衣着，气质，神情，让人迷恋，让人神往。《大众电影》在姑娘们中间传来传去，她们争论着，赞叹着，那样子既艳羡，又虔诚。英罗到底是有见识的。对于那些电影演员，她顶熟悉。谁多大了，谁演了什么角色，谁和谁正在闹恋爱，这些，她都知道。英罗讲这些的时候，她平凡的脸上有一种动人的光芒。我喜欢这个时候的英罗。

英罗很早就定了亲。婆家在旁边的村子，叫阎村。人们见了英罗，都开玩笑，叫她阎村的。有时候，小姨她们闹起来，就说，英罗，去你家阎村噢，赖在我们这里，算什么。英罗就恼了。把一张脸挂下来，谁都不理。英罗的女婿，我一直没有见过。只是听人说，家境很好，人却有那么一点呆。究竟怎么个呆法，我就不知道了。

三

我一直没有说我的四姨。怎么说呢？在姥姥家，四姨是一个伤疤，大家小心翼翼，轻易不去碰触。在旧院，四姨是一个忌讳。

如果你对乡村还算熟悉，那一定知道乡村里的戏班子。在乡间，总有人迷恋唱戏，收几个徒弟，吹拉弹唱，排练一番，一个戏班子就诞生了。乡间的习俗，逢丧事，但凡家境过得去的人家，丧主总要请戏班子唱上几天。其间，酒饭是少不了的，此外，还有酬金。在当时，算是可观的收入了。然而，当四姨闹着要去学戏的时候，姥姥坚决不依。姥姥的看法，唱戏是下九流的行当。戏子，更是为朴直本分的庄户人家所不齿。四姨一个好端端的闺女，怎么能够入了这一行？四姨哭，闹，撒泼，绝食。姥姥只是不理。小孩子，示一示威罢了。况且，在这几个女儿中，四姨的孝顺乖巧，一向是出了名的。按照姥姥的盘算，是想把这个四女儿留在身边，养老送终。可是，姥姥再想不到，四姨会喝了农药。当终于救过来的时候，四姨睁开眼，头一句话就是，我要唱戏。姥姥长叹一声，泪流满面。

农闲的时候，晚上，村南老来祥家的矮墙里，就会传来咿咿啊啊的戏声。这是老来祥在教戏。据说，老来祥的父亲是地方上有名的旦角儿，人送绰号小梅兰芳。唱起梅兰芳的段子来，简直出神入化，名动一时。后来，小梅兰芳因情自尽，身后落下一片唏嘘，人们都说，这是颠倒了，错把戏台当作人间了。论起来，老来祥也算是有家世的了。自小，老来祥就迷恋唱戏。一个男孩子，说话，走路，却全是女儿态度。人家的一句玩笑，就飞红了脸。就连笑，也是兰花手指掩了口，娇羞得很了。为此，村子里的人，尤其是男人们，常常拿他调笑。老来祥一直未娶。谁愿意把自己女儿嫁给这样一个人呢？公正地讲，老来祥人生得周正，标致倒是标致的。穿了家常的衣服，举手投足，也自有一种偈侥的风姿。但是，却从来没有听说过有关他的风流韵事。因此，对于老来祥的态度，村人们是含糊的。感叹，也宽容。这样的一个人，你能拿他怎么样呢？

有时候，我也跟着四姨去学戏。老来祥坐在太师椅上，怀里抱着胡琴，微闭着眼睛，唱一句，四姨学一句。四姨站在地上，拿着姿势，唱到委婉处，看不见的水袖就甩起来，眉目之间，顾盼生情。灯光照下来，把她的影子映在墙上，一招一式，生动得很。我看得呆了。眼前这个四姨，忽然就陌生了。这个唱戏的四姨，不是我平日里熟悉的四姨了。平日里，四姨是羞涩的，内向，寡言，近于木讷。而且，四姨也算不得好看。四姨的鼻子扁了一些。四姨的脸庞也宽了一些。女孩子，总是瓜子脸，才来得俊俏，我见犹怜。可是，唱戏的四姨，就不一样了，就有了一种特别的光彩。真的。后来，直到现在，我还记得四姨唱戏的样子。痴迷，沉醉，灯光下，她的眼睛里水波跳荡，流淌着金子。

四姨天生是块唱戏的材料。扮相甜美，嗓子又好，在台上，只一个亮相，不待开口，台下就轰动了。老来祥微闭双眼，把胡琴拉得如行云流水。四姨轻启朱唇，慢吐莺声，台下霎时风雷一片。我姥姥坐在家里，拣豆子。我姥姥拒绝去看四姨唱戏。可是，她却无法阻挡四姨的声音。四姨的声音像细细的游丝，一点点蜿蜒而来，飞进旧院，飞进姥姥的耳朵里，飞进姥姥的心里。姥姥拣豆子的动作明显慢下来，慢下来，凝住，嘴里骂一句，这死妮子。长长地叹一口气。

流言是慢慢传开的。说是四姨跟老来祥。这怎么可能！村里人都说，按辈分，老来祥当是叔叔辈，虽说早出了五服，可再怎么，人家是水滴滴的黄花闺女，嫩瓜秧一般，老来祥一个老光棍。也有人说，唱戏，能唱出什么好来？戏文里，才子佳人，演惯了，就弄假成真了。有人就唱道，假作真时真亦假。人们就笑起来。

那些天，旧院出奇地安静。我姥姥照常下地，忙家务，脸上却是淡淡的，什么也看不出来。自己养的闺女，自己怎么不知道呢。她早该想到的。自从唱戏之后，四姨就不一样了。原是说这四姑娘性子木一些，调教一下，也好。可是，谁想得到这一层。其时，老来祥，总有五十岁了吧，或者，四十九，唱了一辈子戏，谙尽了风月——四姑娘又是这样的年纪——怎么就想不到呢。姥姥很知道，一个女人，最不能在这上面有闲话。姥姥家里，旧院，出嫁的，待嫁的，全是女儿家。这种闲话，尤其具有杀伤力。我姥姥坐在院子里，手里的棒子一起一落，把豆秸砸得飒飒响。四姨躲在屋子里，只是沉默。

这个冬天，四姨再没有去唱戏。腊月，四姨出嫁了。嫁到河对岸的一个村子。四姨父，我是见过一面的。个子矮一些，跟高挑的四姨站在一起，尤其显得矮小。人却老实。姥姥说，人老实，这是顶要紧的一条。出嫁那天，是腊月初九。雪后初晴，格外冷。四姨穿着大红的喜袄，勾了头，坐在炕上。响器班子站在院子里，卖力地吹打。新女婿早被人涂了一脸的黑鞋油，像包公，嘿嘿笑着，只露出白的牙齿。陪送的人再三劝道，走吧——不早了，路远。四姨这才慢慢站起来。院子里，唢呐更热烈了。四姨推着披红挂绿的自行车，一步一步，走出旧院。四姨化着严妆，那一刻，我看不清她的表情。四姨在想什么呢？戏里戏外，天上人间。四姨再不会想到，这一点小小的挫折，跟后来漫长的人生磨难相比，不值一提。真的，不值一提。

后来，我总是想起四姨唱戏的样子。那是她生命中盛开的花朵，娇娆，芬芳，迷人，也危险。作为一个女孩子，从那时候开始，我就隐隐地认识到，美好的，总是短暂的。我开始害怕看姑娘们出嫁。而在此前，我是那么热衷于看热闹，挤在人群里，心神激荡。相比之下，我喜欢那些绣鞋垫的日子。描画着，憧憬着，然而，都在远处。我喜欢这样的感觉。

旧院又平静下来。我姥姥立在院子里，看着满地的鞭炮的碎屑，空气里还有硫黄刺鼻的味道，雪地上，乱七八糟的脚印，一道道车辙，交错着，纠结着，终是出了旧院。姥姥把胸中的一口气慢慢吐出来，长长的，在眼前缠成一团白雾，也就一点一点散了。

姥爷是照常地无所事事。田地里，难得见他的影子。他多是扛着猎枪，在河套的树林子里消磨光阴。家里的事情，他懒得管。他只知道，即便天塌下来，有姥姥顶着。他放心得很。经了四姨的事，姥姥的脾气渐渐大了。这么多年，她是受够了。男人，都是遮风挡雨的大树，可是，在旧院，姥爷却先自缩起来，把她这柔软的性子，生生地百炼成钢。是谁说的，一个家里，如果男人不是男人，女人，也就不是女人了。这是真的。先前，姥姥是一个多么温柔的女子，在娘家，虽小门小户，却也是娇养得很，大门不出，二门不迈，见了人，不待开口，先自飞红了脸。说起这些，谁会相信呢？姥姥大闹一场。她坐在炕上，哭，只觉得委屈得不行。四姑娘的事，要不是姥姥做事果决，怎么能够这么干净爽利。是她，把这杯苦酒，自斟自饮了，还不露一丝痕迹。她知道，这种事，在女方，最是张扬不得。尤其是，旧院一大群女儿家，人们的嘴巴不济，张口闭口，不经意间，就伤了这个，带了那个。她知道其中的厉害。她必得把这一口气，咽回肚子里。也有好事的人来探口气，既然事已至此，不如顺水推舟——老来祥人还不错。姥姥心里冷笑一声，怎么可能！不要说年纪辈分不对，把一对活生生的例子摆在眼皮子底下，这后半生，可怎么做人？姥姥脸上不动声色，暗地里却托了人，把男方家底都一一摸清，自忖闺女过去受不了委屈，就下了决心。这其中的坎坷煎熬，能跟谁讲？姥姥坐在炕上，哭道，聘了这几个闺女，哪一个不是我，一应的琐事揽下来，日夜撑着——要他这个男人做什么？

后来，我常想，可能是从那一回，姥姥才铁了心要招一个上门女婿，以壮门户。

四

现在，我得说一说我的母亲。我说过，我母亲排行老二。可是，在旧院，母亲却是老大的角色。大姨被寄养在姨姥姥家，再没有回来。母亲人长得俊俏，在姐妹中，很是出类。又做得一手好针线，甚至，比姥姥的功夫还胜一筹。人也伶俐，很能替姥姥分忧。几个妹妹，都是在母亲的背上长大的。母亲没念过书。对人情世故的判断，全凭了天生的悟性。起初，姥姥是立意要把母亲留在身边的。那时候，在乡下，上门女婿是很丢脸的事情。想想看，有谁愿意把儿子养大，白白地送给别人呢？就只有找那些外路人。外路人，就是外地人的意思。山里人，娶不起亲，又向往平原上的好光景，做上门女婿，是一条不错的出路。也有本地人。兄弟多，家境窘迫，父母往往就把牙咬一咬，舍了脸面，把儿子送给人家做女婿。我父亲就是这样到了旧院。

　　我父亲也是本村人。家里兄弟五个，日子的艰难是可以想见的。我的奶奶是一个小脚女人，好吃懒做，没有什么心肝。不讨男人喜欢，在婆婆跟前受了一辈子的气。可是却会刁难媳妇。她漫长的一生，是一部丰富的婆媳战争史。其中，我的母亲，是最为曲折的一章。父亲到了旧院，自然是处处恭谨，这样的情势，他也不得不把自己刚烈的性子屈抑了。好在，父亲和母亲，相处还颇融洽。姥姥的意思，是想让父亲改姓，随着翟家。父亲哪里肯。我说过，父亲是一个性格刚硬的男人。改姓，在他看来，简直是辱没门楣的事情，是一种耻辱，是对宗族的叛逆和玷污。大丈夫行不更名，坐不改姓。这是一个不能妥协的立场。可是，姥姥自有她的逻辑。既然是上门女婿，父亲就是翟家的人。翟家的人，自然要姓翟。这是一个不容争议的问题。矛盾就是这样，从一开始就播下了种子。旧院，迎新的气氛尚未散去，一场战争，已经风雷在耳了。双方僵持，对峙，在其间，最为犯难的是我的母亲。母亲比父亲小五岁。新婚的喜悦还未及细细品味，漫长的煎熬就已经开始了。能怎么样呢？一面是自己的男人，一面是自己的母亲。母亲坐在院子里，看着一朵枣花慢慢落下来，落在印着红喜字的脸盆里，在水面上悠悠转着。母亲的眼泪淌了一脸。在旧院，姥姥是说一不二的人物。如今，在女婿面前，竟是碰了壁。她恼火得很。然而，女婿毕竟是女婿，虽说是上门，终究不比儿子，可以当面锣对面鼓，直来直去。姥姥病了。姥姥的病是虚病。这地方，管莫名其妙的病叫作虚病。据说是被什么东西附了体，病人身不由己。那时候，家家户户都有纺车。你见过纺车吗？在乡村，怎么能没有纺车呢？农闲的时候，或者，晚上，女人们盘腿坐在草墩子上，纺棉花。一只手摇着纺车的把手，另一只手捏着棉条子。纺车嗡嗡唱着，长长的棉线就从棉条子里慢慢扯出来，扯出来，缠绕在锭子上，半天工夫，就出落成一只丰满的线穗子。女人们拿这线穗子搓绳，织布，一家人的衣裳鞋袜，就从一架纺车上来。姥姥是纺线的高手，我母亲她们姊妹的纺艺，都是姥姥手把手教出来的。姥姥病了以后，不再下地，家务也不理，只是坐在纺车前，整日整夜地纺线。姥姥嘴上叼着烟袋，手摇纺车，唱戏。一家人都心惊肉跳，不知如何是好。我母亲跪在一旁，流泪。姥姥微闭着双目，不看母亲一眼。父亲在屋里坐着，对着墙，一脸的铁青。其他的人，谁敢劝？姥爷是这样一个人，醉心于河套里的树林子。家里的这场混战，他是懒得问。几个姨们都年幼，只知道一味担心着姥姥。有谁懂得母亲的苦楚？那一年，母亲十九岁。姥姥逼着母亲同父亲离婚，其时，母亲已经有了身孕。多年以后，母亲临终前的那段日子，不知为什么，总是提起这段旧事。母亲叹口气，说，你姥姥，可真会逼人，可真会——后来，我常常想，姥姥的强硬，父亲的固执，当年，十九岁的母亲，是怎样在这种处境中左右为难，进退失据。或许，也正是从那个时候开始，母亲一生的病痛黯然生成，这病痛，令母亲饱尝煎熬，最终让她撒手尘世。

改姓的风暴还没有平息，母亲临产，大姐出世了。这对姥姥无疑是一个更加沉重的打击。姥姥一生养育了六个女儿，她绝不希望看见下一代再有女婴降临旧院。姥姥招了上门女婿，原是想替翟家接续香火的。如今，改姓不成，又生了女孩，姥姥的病症越发重了。月子里，母亲终日以泪洗面，她觉得欠了姥姥。在这个家，在旧院，她没有颜面。姥姥让大姐称她奶奶。她是把大姐当成了孙女。由于父亲的坚持，最终还是没有改姓。日子似乎就这样过下去了。然而，有时候，世间的事就是如此难料。母亲又生下了二姐。姥姥的病又犯了一回，比先前更甚。那时候，大姐不过两岁多，在院子里跌跌撞撞地走着，走着，一不小心，就摔倒了。姥姥在纺线，唱戏，不孝儿在眼前心肝欲碎——母亲躺在炕上，看着二姐皱巴巴的小脸，只有流泪。父亲也更加沉默了。在旧院，轻易不说一句。

两年以后，当我出世的时候，姥姥已经彻底绝望。她决定让父亲和母亲走。或许，她早已经萌生了此意，只是碍于脸面，无法出口。父亲和母亲离开了旧院，带着三个女儿。也就是说，姥姥招了上门女婿，现在，又不要了。父亲和母亲一时找不到住处，就借了人家一间房，暂且栖身。后来，直到现在，我都无法想象，我的父母亲，两个年轻人，带着三个孩子，如何凭着一双手，白手起家。也正是从那时候开始，父亲和姥姥的关系降到了冰点。我说过，我的奶奶是这样一个人，懒惰，自私，少心没肺。面对自己儿子的困厄，非但没有母慈之心，竟是袖手旁观。兄弟们，也都担心父亲回来分割微薄的家产，齐了心要冷落他们。父亲和母亲，至此尝尽了人情的冷暖，世态的炎凉。贫贱夫妻百事哀。这话是真的。父亲和母亲，在我儿时的记忆里，常常是硝烟弥漫。有时候，从外面疯玩回来，看见家门口挤满了人，有的在看，有的在劝，知道是父母又吵了架。母亲的呜咽一阵阵传来，夹杂着父亲粗重的喘气声。一颗小小的心就立刻缩紧了。

那时候，父亲是生产队长。我没有说，父亲读过高小，识文断字，打得一手好算盘，在乡间，算是知识分子了。父亲原是二队，到了旧院，就跟了姥姥所在的一队。那时候，生产队长是有一定权力的。派活，是这种权力体现之一种。派什么样的活，轻与重，忙与闲，工分的多与少，这里面颇有说法。据说，父亲常常给姥姥她们派重活。拉粪车，砍秸子，钻高高的庄稼地薅草。姥姥和几个姨，就只有默默受了。母亲知道了，自然要跟父亲闹。经了艰难岁月的碾磨，比起当年，父亲的脾气越发烈了。对母亲，他全忘了是年幼他五岁的妻子，一点都不懂得容让。多年以后，当母亲缠绵病榻，父亲长年细心服侍的时候，我不知道，父亲内心深处，是否有过深深的悔恨。那样健康活泼的一个女人，硬是生生落下了一身的病痛。也许是有过，可是，从来不曾听他说起。那时候，常常半夜里被姐姐推醒，说是母亲不见了。母亲不见了。乡村的夜，寂静，深远，姐姐打着灯笼，我跟在后面，满村子找母亲。灯光一漾一漾，映出我们的影子。母亲，你在哪里？我的一颗小小的心充满了忧惧，竟然忘记了哭泣。母亲和父亲吵了架，跑了。从一开始，母亲就夹在姥姥和父亲中间，历尽了煎熬。强硬的姥姥，暴烈的父亲，婆婆一家的歧视和轻侮，贫困的日子。母亲不知该如何面对。她只有逃离。有时候，我们会在深深的玉米地里找到母亲，她披散着头发，满脸泪痕，露水把她的鞋子打湿了，走起路来，吱吱响。有时候，满村子找也找不着，母亲是去了几十里之外的大娭家。这个时候，我的四姨把我叫过去，让我去找父亲，央他去接母亲。至今，我还记得，黄昏，父亲在田野里放羊，我立在一旁，低声哀求，我想娘了。微凉的风从田野深处吹过，吹干了我脸上的泪痕，紧绷绷的，涩而疼。夕阳慢慢地从树梢上掉下去了，野地里渐渐升腾起薄薄的雾霭。父亲的脸一点一点模糊了。半晌，是一声长长的叹息。

现在想来，那时候，大姨家，是母亲的一个避风港了。大姨是一个心直口快的人，嘴巴向来不饶人。我母亲坐在灶边，只是低头垂泪。我大姨立在当地，冲着我说，小春子，你回吧。你娘就在这里——不回去了。早晚有一天，她得让你们气死。这话是说给父亲听的。我扭头看看父亲，他闷头吸烟，一张脸在烟雾中阴晴不定。

直到现在，回到老家，看见父亲孤独的背影，在老屋的院子慢慢地踟蹰，我总是忍不住要流泪。我的父亲母亲，他们走过了那么艰难的岁月，有淡淡的喜悦，更多的，是漫无边际的伤悲。而如今，母亲去了，只留下父亲一人。所有的喜悦，怨恨，还有伤悲，都不算了，都不算了。

我不知道，我的父亲和母亲，他们之间是怎样的一回事。他们一定互相怨恨过，世事是如此的艰难，他们，有过抗争，也有过妥协，他们软弱无力，然而，终究是坚忍。他们一生，生养了三个女儿，无子。那时候，在乡村，叫作绝户。很小的时候，我就知道这个字眼的含义。它后面包含的种种，歧视，凌辱，哀伤，无奈，我全懂。为此，我的父亲和母亲，受够了煎熬。可是，他们爱过吗？我很记得，有时候，早晨醒来，听见有人在院子里说话。我知道，是我的父亲和母亲。母亲在灶边坐着，烧火，父亲吸着烟，他们说着闲话。有点漫不经心，甚至，有点索然。我在枕上听着，半闭着眼睛，心里却荡起一种温情。我喜欢这样的早晨。也有时候，我歪在母亲身旁，睡午觉。父亲走过来，俯下身，看看我，转而逗母亲说话。母亲阖着眼，只是不理，父亲把手指在母亲下颌上挑一下，母亲就恼了，佯骂一句，父亲觉出了无趣，微笑了。这个时候，我紧闭着眼睛，装睡，心里却是充满了喜悦。多么好，我的父亲和母亲，至少在那一刻，他们恩爱着。直到现在，我所理解的爱情，也不过如此了。

大概我上小学的时候，是我们家最好的时光。那时候，我的父亲是生产队的会计，号称财神爷的，在当时的乡村，这是一个很荣耀的职位。而且实惠。新屋已经盖起来了。母亲素来喜欢干净，把里里外外收拾得整洁清爽。八仙桌子，靠背椅，大衣柜，带抽屉的梳妆台，都有了。我母亲坐在炕沿上，和三婶子说着闲话。我父亲伏在桌上，噼噼啪啪地拨算盘。我和小伙伴在院子里跳房子，笑着，叫着，鼻尖上都是汗，有些声嘶力竭了。姐姐们挤在里间，咬耳朵，已经是有秘密的年龄了。阳光从窗子里照过来，慢慢爬上墙，把相框上的玻璃照得闪闪烁烁。相框里，都是我们一家的照片。大姐的最多，也有小姨的，还有表哥。那是他们的年代，就连在照片里，都是笑着的，一脸的意气风发。算起来，那时父亲不过三十多岁，掌握着一个队的财权，算是事业的巅峰了。平心而论，父亲是个美男子，剑眉朗目，周正而端方。到了这个年龄，更平添了成熟男性的风度。我猜想，村里的女人们，都暗暗喜欢他。就连三婶子，正和母亲说着话，看见父亲走过来，就有些言不及义了，讷讷的，有时候，像少女一般，竟然红了脸。那时候，我母亲也不过三十出头，正是好年华，穿着暗格的对襟布衫，一笑，露出一口耀眼的牙齿。我的父亲和母亲，在离开旧院之后，迎来了他们一生中最好的岁月。三个女儿尚未长成，他们自己呢，青枝碧叶的年华，在自己的屋檐下，过自己的小日子。从前的困厄，如同一场旧梦，都过去了，他们不愿意去想了。未来的日子，谁知道呢——终究还很遥远，遥不可及。他们来不及去想。他们再想不到，磨难，已经在未来的某处，静静地潜伏着，窥伺。仅仅在几年以后，母亲的病痛来袭，初现端倪，生活全然变了模样。全变了。

在这段日子里，我依然常常往旧院去。我的父亲和姥姥，依然有龃龉，但是却好多了。怎么说，孩子们都渐渐大了；还有，我的父亲，那几年也算是有头脸的人物。大姨家的表哥，是旧院的常客。表哥是大姨的儿子，人生得好，文秀，单薄，白皙，一点也没有乡下孩子的粗野和鲁莽。为此，表哥深得姥姥的疼爱，她常常把他带在身边，拾花生，摘棉花，起红薯。表哥和小姨同年，两个孩子在一起，常常是小姨处处让着表哥。表哥也确是招人疼爱。他总是安静地待在大人身边，从不惹祸生事。他也懂得体贴。对姥姥，对我的母亲，感情尤其深厚。有一度，我的母亲差点就想把表哥收养过来做儿子。我现在依然记得，在我们家最好的时候，表哥来了，我母亲给他做手擀面，烙饼。那时候，白面，是很珍贵的稀罕物。表哥歪在炕上，我跪在一旁，把他的一头黑发揉来揉去，趁他不注意，我把它们编成小辫，一条一条。我格格地笑出声来了。后来，表哥去了部队，当兵，提干。常常有信来。我母亲坐在炕沿上，听父亲念信：大姨，姨父，你们好……这时候，我母亲的眼睛深处闪着泪光。我母亲，是把表哥当作儿子了。直到现在，隔壁的玉嫂，还老是提起来，新婚的时候，表哥常常到她的新房，也不闹，就坐着，安静地坐着，一坐就是半宿。这个孩子，就是不一般呢。看看，果然。玉嫂说这些的时候，眼神柔软，她是想起了她的好年华。如花似锦。现在，都过去了。

我一直不肯承认，在我的童年岁月，表哥的存在，对我是一种安慰。真的。对表哥，我怀有一种静静的情感，美好，无邪，它在我的内心深处，珍藏着。我始终不肯相信，在我未来漫长的岁月中，我所喜欢的男人，竟或多或少有表哥的影子。在潜意识里，我是把表哥，这个我童年生活里唯一的异性，当作了理想男子的标杆。父亲不算。父亲是另外一回事。

五

那时候，五姨已经到了谈婚论嫁的年纪。姊妹中，五姨算不得最好看，却是最能吃苦的一个。五姨也是孝顺的。她顺从了姥姥的心意，招了上门女婿，留在了旧院。多少年过去了，我还记得他们结婚时候的情景。五姨穿着枣红条绒布衫，海蓝色裤子，脖子上，是一条粉底金点的纱巾。她半低着头，在人群里羞涩地笑着。新女婿是外路人，跟着母亲嫁过来，下面又有了众多的兄妹，自然是不一样的。如今，来到旧院，就是另一个家了。我在旁边看着他，他长得算得高大，然而清瘦，眼睛不大，却很明亮。一看就知道是一个精明的人。姥姥教着我，让我喊舅。这是一个陌生的字眼。从小到大，在旧院，我没有喊过。舅很爽快地应着，揽过我，摸摸我的小辫子。我高兴起来。从此，我有舅了。

对这个舅，我姥姥显然汲取了我父亲的教训，凡事都觑一觑他的脸色，很小心了。她不再逼他改姓，由他姓刘，吃着翟家的饭。然而，孩子必得姓翟。同我父亲比起来，我舅是一个通达的人物。在乡间，尤其是那时候的乡间，很难得了。我舅大概早已经把这些看破了，他微笑着，在旧院里出出进进，自如得很。我舅在人事上也圆通，家里家外，敷衍得风雨不透。甥男孙女的去了，总是笑着，热络地揽过来，让人说不出的温暖受用。在我的记忆里，我舅，真的同这旧院融合在一起了。这是他的家呢。街坊邻里，我舅更是打理得风调雨顺。村子里，翟家本就是个大姓，院房庞大，枝干错杂，其间的深与浅，薄与厚，近与疏，都容不得走错半步。在乡村，看似平和的外表，其内里错综复杂的脉系，委实是根深蒂固，牵一发而动全身。对于外来人，尤其如此。然而，这难不倒我舅。真的。现在想来，在这方面，我舅是有很高的禀赋的。自从我舅来了之后，旧院里，所有的内政外交，全是他了。我姥姥暗自松了一口长气，夜深人静的时候，竟悄悄流了眼泪。她是真的喜悦，这喜悦里，又有着难以言说的忧伤。这些年，她是受够了。如今好了。然而——然而什么呢，黑暗中，我姥姥不好意思地微笑了。还能怎样，如今，她该知足了。我姥爷也高兴。这一回，他是彻底没有了后顾之忧，可以安心把自己隐在河套的树林子里，不问世事，再不用听姥姥的唠叨和抱怨。在旧院，他是心宽体胖的老爷子，从容，笃定，闲适得很了。人们都说，什么人，什么命。看人家大井。大井是我姥爷的名字。

五姨却不开心。怎么说呢，对男人，五姨是满意的。我舅是这样一个人，聪明，风趣，最知道如何讨女人欢喜。五姨却烦恼得很。五姨的新房在东屋。姥姥依然按照老派的规矩，住着北屋，正房。新婚，因为是上门女婿，自然人们的目标是新女婿。至于新娘，自家的闺女，总不至于放下脸来胡闹。因此，五姨的新房就清静多了。新婚宴尔，夜里，小两口关了门，自然少不得夫妇之礼。有一回，是个月夜，五姨灭了灯，却发现窗棂上映出姥姥的影子。她在往屋里看。五姨的一颗心乱跳起来，像惊了的马车。这怎么可能？一个母亲，在自己女儿的新房外偷窥。这怎么可能？她想干什么？五姨一夜未眠。自此，她就经了心。这是真的。她想。老天，这竟是真的。五姨同姥姥的芥蒂，大概就是从那个月夜开始埋下了种子。白天，她注意观察姥姥的言谈举止，却什么都看不出来。姥姥，还是那个爽利的老太太，在旧院，她温和，敏锐，也威严。她是一家之主。可是，她是为什么呢？有时候，五姨就想，是不是自己看错了，或者，只不过是一场梦？然而，那个月夜，窗棂上清晰的影子，至今想来，她还心有余悸。她忘不了。五姨把头埋在被子里，无声地哭泣。她是她的母亲，她怎么能够这样？这辈子，她都无法原谅她。她不原谅。很快，五姨临产，生下了一个男孩。我姥姥趴在炕上，看着这个降临在旧院的第一个男婴，翟家的后代，她的眼睛里闪着泪光。这是翟家的香火啊。五姨躺在那里，耷着眼皮，待看不看的，脸上始终是淡淡的。姥姥问话，也有一句没一句。姥姥想，五丫头这是乏了——这么大一个胖小子。

孩子满月的时候，照例要摆酒。孩子的亲奶奶，我舅的母亲，也过来看望。姥姥嘴上不说，内心里，对我舅的母亲，对刘家人，是很忌讳的。等客人散尽，我姥姥来到东屋，对五姨说，既然是进了翟家的门，刘家的人，红白喜事，就不往来了吧。这样清爽。五姨仄着身子，给孩子喂奶，半晌，扔了一句，这我管不了。姥姥再想不到，自己的闺女会这样同自己说话。她呆在那里，一时气结。刚要发作，觉得闺女刚出月子，弄不好伤了身子，回了奶，就不好了。

孩子一日日长大了，五姨的脾气也一日日古怪了。有时候，看着女儿的背影，姥姥想，这是怎么了？简直莫名其妙。为了刘家的事，姥姥没少跟五姨闹。比如说，孩子回家来，手里举着一串糖葫芦，问谁给的，孩子说，奶奶给的，或者说，是叔叔。姥姥就颇不高兴。觉得自己的孙子，平白地吃刘家的东西，她委屈得不行。凭什么？这一来二去，怎么说得清？五姨却不作理会。她知道姥姥的心病。她偏要让她疼。她恨她。可是，她是她的母亲。能怎么样呢？她只能把这恨埋在心里，跟谁都不能提起。跟我舅，不能。跟姊妹，也不能——她跟姥姥，原是母女，可如今，却是婆媳。跟外人，更不能。这是家丑。夜里，五姨看着黑暗中的屋顶，把一腔怨恨紧紧咬住。孩子的脑袋拱在怀里，毛茸茸的。耳畔，是我舅的鼾声。

偶尔，我的三姨和四姨，回到旧院，凑在一处，说着说着，就说起了各自的婆婆。五姨从旁听着，心里是又羡又妒。多好。所有的女人，都能在人前说说婆婆的是非，唯独她不能。有些事情，她只能藏在心底，让它慢慢变得坚硬，像刀子，一点一点切割她的心。

六

那时候，小姨正在忙于相亲。作为家里最小的女儿，小姨活泼，美丽，又有文化，是旧院最亮眼的一朵花。那时的乡村，风气已经渐渐开化。男女青年，经人介绍，也可以在一起说说话了。有一回，我记得，小姨带上了我。

是个春天的夜晚，月亮在天边挂着，又大又白。小姨和那个青年，一前一后，在村路上慢慢走着。我跟在小姨身旁，心里充满了隐隐的激荡。两旁，是青青的麦田。夜风从村庄深处吹过来，带着庄稼微腥的涩味，夹杂着青草温凉的气息。不知名的小虫子鸣叫着，夜晚的乡村，寂静，清明。小姨和那个青年，就这样走着，几乎不说话。偶尔，青年问一句，小姨就低声答了，就又沉默。我走在旁边，却被这沉默深深感动了。我觉得，这沉默里面，所有微妙的情感，喜欢，羞涩，紧张，不安，萌动的爱意，欲言又止的试探，小心翼翼地猜测，都在里面里了。多年以后，我依然记得，那个春风沉醉的夜晚，庄稼的气息，虫鸣，月亮在天上，静静地走。一对男女青年，一前一后，甜蜜的沉默。一个孩子，她懵懂，迷茫，还来不及经历世事，然而，她却亲眼见证了一场爱情。那个青年，后来成了我的小姨父。多年以后，有一回，我偶尔提起此事，小姨茫然地看着我，是吗？我怎么不记得了？其时，小姨已经儿女成行，成了一个地道的乡村妇人，正在为女儿的婚事操劳。年轻时代的那个春天的夜晚，她努力想了想，竟是真的记不起来了。

在旧院，小姨是老闺女，仗着姥姥的疼爱，有时候，就难免有些任性。然而，小姨终归是个乖顺的姑娘，即便任性，也是女孩家的任性，带着一种孩子气。旧院里向来是女人的天下，小姨一向是惯了的。穿衣裳，也少有避讳。可是，现在不同了。旧院里多了我舅。虽然叫舅，却是外人。而且，是一个年轻男人。这

让小姨颇不习惯。有一回，是个夏天，小姨从地里回
来，一身的汗，就把房门关了，冲凉。冲完，把耳朵贴
在门上听了听，院子里静悄悄的，小姨想都没想，就把
门打开，端起一盆水就泼出去。只听哎呀一声，是我
舅。门里门外，两个人都愣在那里。小姨只穿了一件花
短裤，小小的胸衣，雪样的肌肤，在昏暗的屋子里，格
外醒目。那个时候，即便聪敏如我舅，也呆了。小姨捂
住脸，尖叫一声，把门咣当关上。

那回以后，小姨和我舅，再不像从前那么自然了。
从前，他们一起吃饭，下地干活，一起说笑，偶尔，我
舅还开开小姨的玩笑。问她最近相亲的事，什么时候把
自己嫁出去。赶紧嫁啊，我还等着吃你婆家的酒席呢。
小姨就笑，说，怎么，多嫌我了？我就不嫁，这辈子都
不离开旧院。这样的嘴仗，是常常有的。姥姥从旁听
着，也只是笑。可是，那个黄昏以后，再也没有这样的
嘴仗了。小姨和我舅，忽然就变得客气起来，赔着小
心，像陌生人。晚上，乘凉的时候，只要有我舅在院子
里，小姨就搬个凳子，走到南墙根，丝瓜架底下，抱着
戏匣子听广播。或者躲在屋子里，关了门，悄悄的，也
不知道在做什么。也有时候，英罗她们来，几个姑娘挤

在一处，叽叽咕咕地说着，说着说着就笑起来。小姨也跟着笑，只是，比先前安静多了。那时候，五姨正在怀孕，她腆着笨重的肚子，坐在藤椅上，慢慢摇着，冷眼观察着这一切。其实，从那个黄昏，那个黄昏的一声尖叫，她就留了意。她是过来人，也年轻过，她懂。更要紧的是，小姨是她的妹妹。她这个妹妹，年轻，美丽，活泼，惹人喜欢。没错，她是她的妹妹。然而，她也是女人。而她的丈夫，我舅，是男人。她怎么不知道自己的男人？五姨晃着躺椅，一只手在隆起的肚子上轻轻地抚摸着。院子里的苦瓜正在开花，香气浮动。夜晚的雾气一蓬一蓬的，直扑她的脸。在旧院，在这个家，她是一日日沉默下来。她在这沉默里慢慢思忖。她是后悔了。当初，悔不该答应留在旧院。她怨恨。她不怨恨别人，她怨恨姥姥。是姥姥一手定下了她的婚事。这么多年，在这个家里，在旧院，姥姥说一不二。可是，现在不同了。五姨把一只手抚一抚自己的肚子，另一只手把嘴巴捂住，让一个长长的哈欠慢慢打出来，眼睛里就有了一层薄泪。一天的繁星，霎时模糊了。

那一年，小姨出嫁了。小姨父就是那个月夜的青年。

　　我是一直到后来才知道，此前，小姨其实已经心有
所属。那个人家在邻村。对于小姨的这段爱情，我一直
深感好奇。他们是如何认识的？是在深夜的电影幕布
前，还是在春日赶集的村路上？平日里，小姨和他，如
何见面，如何联系？或许，很多时候，小姨自告奋勇地
去邻村赶集，私心里，其实是怀着不为人知的小秘密。
可以想象，走在青草蔓延的小路上，风吹过来，拂上一
个姑娘发烫的脸庞，甜蜜，胆怯，慌乱，然而强自镇
定。对面的村庄隐隐在望了，她的心跳了起来。我不知
道，这段爱情为什么无疾而终了。也许，是那个邻村的
人薄情，或者怯懦——要想娶到旧院的老闺女，姥姥这一
关，是一定要过的。也许，是姥姥。姥姥的意思，是要
把小姨留在村子里，守着。总之，后来，有了那个月
夜。后来，小姨嫁给了小姨父。

　　你知道压车吗？我们这地方，办喜事的时候，女方
的嫁妆车上，是要有小孩子压车的。这小孩子一般是娘
家人，或者是至亲。嫁妆车在婆亲队伍前面，先到，男
方须得给喜钱，压车的小孩子才肯下来。这个时候，往
往是腊月的清晨。天边刚刚泛出一丝微明的曙光。如果
时候还早，或许能够看到淡淡的月牙的影子。小孩子坐

在车上，接过男方递过来的红包，摸一摸厚薄——这是行前大人们反复叮嘱过的，如果薄，就不下车。也有的孩子，又冷又困，只要有红包，外加上一把糖果，就懵懵懂懂地被抱下来。周围看热闹的人都笑了。他们呵一呵手，开始卸嫁妆了。

在我的童年岁月里，因为是家里最小的孩子，压车的机会就格外多。最不能忘记的，就是给小姨压车。这地方的风俗，姑娘出嫁前的晚上，村里同龄的姑娘们要来家里，吃酒席，然后留宿，陪伴新嫁娘度过姑娘时代的最后一个夜晚。其实哪里睡得着？姑娘们挤在一处，对着满屋子的嫁妆，评头论足。那个时候，英罗还没有出嫁。她的婚期也在那一年，比小姨稍晚。她们说着，笑着，偶尔就闹起来，你推我一下，我搡你一把。旧院里灯火通明，人们进进出出，忙碌，一脸喜色。有时候往这边的窗子望一望，并不轻易过来。这个夜晚，即便是做父母的，也不便过多打扰。这是姑娘们的夜晚。这个夜晚，是一个分界，一个里程的转折。此后，为人妇，为人母，人生的种种境遇，喜悦或者艰辛，幸或者不幸，都由它去了，由它去了。小姨坐在炕沿上，两条腿搭下来，把脚后跟轻轻地磕着，一下，又一下。她的半边脸隐在灯影里，有些看不真切。她在想什么？或许，她是想起了那条青草蔓延的村路。也或许，是那个月夜，到处都是虫鸣。她扭头望了望院子里的灯火，心里不知什么地方就细细地疼了一下。这些日子，她算是看出了，五姨的很多话锋，很多的脸色，竟都是为着她的。从什么时候开始，这个家，这个旧院，就不一样了？二十多年了，她在这里出生，一点一点长大。这是她的家。在这里，她自在，坦然，为所欲为。可是，事情忽然就不一样了。五姨对她，竟是很客气了，这客气里有疏远，陌生，也有暗暗的敌意——这是小姨不愿意承认的。我舅，也忽然间不肯说笑了，凝着一张脸，端着架子，即便说一句，也是讪讪的，很不自在了。就连我姥姥，也是小心觑着小姨的颜色，留意着她的一举一动。有一回，小姨起夜，蹲了半晌，从茅房出来，听见门吱呀一响，一个人影一闪，进了北屋。小姨吓了一跳，正待回屋，听见北屋姥姥的咳嗽声，压抑的，然而却剧烈。小姨心里就一凛，呆在了当院。直到这一刻，她才算懂了。她想起了那个黄昏，那一声尖叫。原来如此。小姨把双臂抱在胸前，慢慢地摩挲着。夏夜的风，竟然很凉，她感觉一粒粒的小东西在裸露的皮肤上簌簌地生出来。她抚摩着它们，静静地打了个寒战。屋子里，有谁笑起来，她吃了一惊，方才回过神来。一屋子的嫁妆，在灯光下闪闪发亮。她这才知道，自己与它们，是息息相关的。今晚，她是这场戏的主角。还有明天。明天，会是什么样子——谁知道呢?

一大早，我就被哄起来，准备压车。大人们围过来，摸摸我的辫子，把我的围巾紧一紧，叮嘱着。左不过还是那些话：红包少了，别下来。吃饭的时候，看着旁人，该端碗的时候端碗，该撂箸的时候撂箸。要看人的脸色。要懂规矩。我母亲特意把我叫到一旁，嘱我把红包放进棉袄的内兜里。我舅站在车前，指挥着人们搬嫁妆，一面大声同人指点着，一一评说着。我舅的神色，全然是旧院的主人。如今，他把小姨嫁出去，他要让人知道这些嫁妆的品质，价格，他托人去定做，也亲自去挑选。为了翟家聘姑娘，他费了很多心血。我的五姨，身子不便，把一只手扶着腰，一手托着肚子，静静地看着这一切。脸上淡淡的，始终看不出什么。

那一天的事，现在想来，已经很模糊了。只是依稀记得，我被人抱下来，手里紧紧握着一个红包，立在晨风中，等小姨。天色渐渐明亮了，披红挂绿的队伍迤逦而来，和着高亢的唢呐，在冬日的村路上格外鲜明。小姨在众人的簇拥下，推着车，慢慢走着，走着，一直走进她未来的悠长岁月。

<h2 style="text-align:center">七</h2>

旧院是真的安静下来了。阳光静静地晒着，把枣树的枯枝画在地上，一笔一笔，很分明的样子。西墙上，挂着红薯的藤蔓，黑褐色，已经干透了。一只羊正在努力地拿嘴巴够着，却够不着。姥姥坐在门槛上，看了一会儿羊，又抬头看了一会儿天。太阳光照过来，像金子，有几粒溅进她的她眼睛里了。她眯起眼，不知怎么，就渐渐有了泪光。她疑心是自己打了呵欠，拿手背擦一擦，自己倒先笑了。这回好了。六个女儿，全都嫁了。有时候，她自己都不明白，这是怎么一回事。分明地，刚才，还热热闹闹的一处，说着，笑着，闹着，也气恼，把牙恨得痒痒的——怎么这一眨眼，就全散了。只留下这个院子，这个旧院，寂寂的，让人空落落地疼。村里的姑娘们七都不来了。英罗，也出嫁了，嫁到了阎

村。我蹲在地上，拿一根树枝，百无聊赖地画着，天知道我在画什么。

门吱呀开了，我舅和五姨回来了。姥姥似乎吃了一惊，慢慢从门槛上立起来。她是忘记了。这个家，这个旧院，还有她的五姑娘，她的上门女婿，半个儿子——岂止是半个，她是要拿他做一个儿子呢。姥姥看了一眼五姨的肚子，已经很笨了。她掐着手指，暗暗算了一下日子，快了，也就是月底月初的事了。

五姨的第一个儿子降生以后，皆大欢喜。我的父亲却始终郁郁的。怎么说呢？其实，从一开始，对于我舅的入赘旧院，父亲一直耿耿于怀。当初，他也曾是旧院的东床。他本是立意要在旧院成家立业，终其一生的。然而，他竟然还是走了，他不肯承认，其实是被逐出门。因为无子。父亲是一个极要脸面的人。这件事，一直是他心头的暗伤，是他人生的耻辱。他和我姥姥日后的一切恩怨纠葛，自此开始。多年以来，父亲和姥姥互不理睬。即便是当街碰上，走个面对面，也是视而不见。想来是多么令人难堪，我母亲夹在这样一种关系之间，左右为难。

连襟之间，或者妯娌之间，往往是不动声色的对手，其间的较量，往往是从最初开始。这种较量微妙，隐蔽，却动人心魄。父亲同我舅，这两个男人，他们之间的较量，几乎贯穿了漫长的后半生。父亲和我舅，这两个旧院的女婿，他们之间的恩恩怨怨，都和旧院有关。连襟两个之中，相对我舅，父亲是显见的失败者。父亲恨我舅，恨我姥姥，恨那个哇哇哭叫的新生儿。总之，父亲恨旧院。当年，他还是一个青涩的年轻人，一切才刚刚开始，是旧院，把他对生活的美好期待揉碎了。父亲恨恨地想。可是，他的期待是什么？公正地讲，离开旧院之后，他的日子倒渐渐好了。苦倒也是吃了不少。想到这里，父亲摇摇头，叹了口气。然而，他还是怨恨。这些年，他和母亲闹了多少回，他是记不清了。为了什么？左右离不开旧院。我说过，我舅这个人，聪敏，精明，处事圆通。他随母亲再嫁，很可能，小小年纪，就已经历了很多世事。他敏感，对于人与人之间的关系，他往往能够一眼看破。父亲的心思，他怎么不懂？一进旧院，他看到的，都是笑脸，是欢喜，是对于未来顶门立户的男主人暗暗的期盼。除了父亲。记得，我舅和五姨成亲那天，父亲去得很迟。母亲几番延请，求他，逼他，软硬兼施，费尽了口舌。后来，父亲是去了。喝多了酒，把酒盅摔碎了，说了很多莫名的醉话。我母亲从旁急得直跺脚，只是哭。我舅把母亲劝开，自己在父亲身边坐下来，父亲满上一盅，他干一盅，也不说话。众人都看呆了。姥姥过来，正待开口劝阻，我舅仰头把一盅酒一饮而尽，说，兄弟给哥赔罪，赔罪了。

自此，我舅同父亲很热络地来往，称兄道弟，闲来喝两盅小酒，叙叙家常，简直亲厚得很。我父亲就不好把脸挂下来，自己本又好酒，也就半推半就地敷衍着。村子里谁不知道，我舅和父亲，旧院的这一对连襟，好得像兄弟。我姥姥看在眼里，嘴上不说，暗地里却更是佩服我舅的大度和通达。相比之下，父亲就显出那么一点狭隘，固执，不招人喜欢。其实，父亲是这样一个人，心肠软，耳根子也软，见不得人家的一点好处，听不得一句好话，眼窝子又浅，一个大男人，常常是，心头一热，眼圈先湿了。我舅这样上赶着同他交好，尤其是，人前人后，给了他足够的面子。这让父亲安慰。有时候，接过我舅递过来的烟卷，刚叼在嘴上，一朵橘红的火苗就凑过来，替他点燃了。他慢慢吸上一口，长长地吐出来。看着淡蓝色的烟雾在面前徐徐升起，很惬意了。

那时候，父亲是生产队的会计。我说过，那些年，是我们家的盛世。我至今还常常记起，父亲坐在八仙桌前，噼噼啪啪拨算盘。太阳光从窗格子里照过来，父亲身上，有一层毛茸茸的金色的光晕。黑褐色的算盘珠子闪转腾挪，一线流光在上面闪闪烁烁。偶尔，父亲抬起头来，同旁边的母亲说上一句，就又埋下头去，继续算账。账本是一种很挺括的纸张，上面有红的蓝的格线，密密麻麻的，有很长一段时期，我的作业本就是这样的账本纸订成的。这让我在伙伴们中间很是骄傲。现在想来，这样的作业本并不好，主要是线条太乱，远不及白纸的干净清爽。可是，在当时，账本纸代表了一种特权。幼小的我，竟也知道特权带来的虚荣了。那时候，生产队里常常吃犒劳，吃犒劳的地点，就在我们家。所谓的吃犒劳，其实就是少数人的犒劳，生产队长，会计，有时候丕有仓库保管员。我记得，生产副队长是一位妇女，叫作然婶的。算起来，当时，然婶总也有三十出头了。三十多岁，在女人一生中，该是最好的年华。像初秋的庄稼，饱满，结实，丰饶，汁水充盈，浑身上下洋溢着成熟女性的风韵。仔细想来，然婶算不得好看，但却是生动的。性格又活泼，人又能干，在生产队里，很惹男人们喜欢。我不知道，对于然婶，父亲心里有什么想法。可是，看得出来，然婶是很喜欢同父亲在一起的。往往，只要有父亲在，然婶的笑声就格外清脆，神情也格外娇柔，不经意地，就飞红了脸，很妩媚了。生产队长是魁叔，一个五大三粗的汉子，喜欢喝酒，大声说话，走起路来，震得地面咚咚响。人们都说，魁叔和然婶，男女共事，难免有闲话，在乡村尤其如此。有人说，看见他们钻庄稼地了。也有人说，就在河套的树林子里。男人把女人抵在树上，把一树的雀子都惊飞了。说话的人眨一眨眼睛，坏坏地笑了。逢这个时候，我父亲总是很沉默，专心忙着手头的事，一言不发。我母亲却饶有兴致的样子，孜孜地追问着，发出一声声惊叹。这惊叹里有谴责，惋惜，但更多的，还有安慰和满足，甚至是薄薄的嫉妒和愤恨。

吃犒劳的时候，我家的厨房就热闹起来。然婶拉风箱，我母亲在灶前弯着腰，照料着锅里的烙饼。两个人有说有笑，配合默契，简直是一对姐妹了。有时候，母亲就把声音低下来，俯在然婶的耳朵边，悄悄地说些体己话，说着说着，就哧哧笑了。男人们在北屋，喝酒，吸烟，吹牛，偶尔也说一说队上的公务。说着说着就跑了题。不知说到什么，他们笑起来。那是男人的笑声，粗犷，爽朗，却又意味深长。我在地上把一只陀螺抽得团团转。陀螺是魁叔给我做的，染成鲜艳的红色。我的眼里只有陀螺，我还顾不上别的。饭菜端上来了。烙饼，炸茄子，全都是油汪汪的。生产队库房里，有的是成瓮的花生油。后来，我再也没有吃到过那么美味的饭菜。通常，第二天，我总是被母亲派往旧院，给姥姥送剩下的饭菜。姥姥把饭菜收下，把空碗递给我，一边叮嘱着，路上小心，别摔了。我也不知道，是别摔了我，还是别摔了碗。总之，姥姥说这话的时候，神情慈祥。后来，我常常想，也许是从那时候开始，姥姥把对父亲的芥蒂，慢慢消融了。她开始以一种新的眼光，来打量这个被自己逐出门庭的女婿。姥姥看了一眼炸茄子，厚厚的一层油，已经凝住了。饼是千层饼，点着密密的芝麻粒。姥姥眯起眼睛看了一会儿，轻轻叹了一口气。当年，也是尝够了独力支撑的苦楚，一心要如何如何——仔细想来，当年，自己或许是过分了一些。

　　五姨生第二个儿子的时候，我已经上了二年级。家丁兴旺，姥姥自然很高兴。就连母亲，也是兴高采烈的，同人闲聊的时候，说着说着，就说起了新生的婴儿。大胖小子，哭起来，嗓门响得很呢。那样子，仿佛是自己生了儿子。姥姥照例是忙里忙外。看着一院子的尿片子，花花绿绿的，晒满了铁丝，纺车架，柴火垛，甚至柳筐的弯背上，大模大样的，都是。姥姥就微笑了。谁想得到呢。自己竟是有孙子的命。两个孙子，生龙活虎的，把这旧院多年的阴气，全给冲散了。姥姥承认，她喜欢男孩。对这两个孙子，她真想把自己的心掏出来，喂给他们吃。生养了这么多女儿，她是真的麻木了。当然，跟表哥比起来，还是不一样的。怎么说，表哥也是外人。乡间有一句俗话，外甥狗，外甥狗，吃了就走。现在想来，这话是真的。小时候，对这个大外孙，自己是多么疼爱。可是，现在，人家当兵，提干，出息了，一年里，能回来几趟？孙子就不同。姓翟，走到天边，都是翟家的根苗。再远，也是走不出这旧院的。姥姥笑了。天是格外的好。姥姥抬起眼，看着旧院上方那一片湛蓝的天，有一缕云彩，拖着长长的尾巴，悠悠掠过。这辈子她最得意的事，就是把五丫头留在身边。起先，心里还有一点忐忑，生怕蹈了我母亲的旧辙。这回，姥姥是彻底放了心。她把手捏一捏尿片子，太阳真好，只这一会儿，差不多就要干了。

阳光照过来，铺了半张炕。五姨倚在被垛上，喂奶。屋子里有一股暖烘烘的味道，奶香夹杂着尿腥，让人昏昏欲睡。墙上挂满了花花绿绿的锁钱。这地方，生了孩子，人家都要送锁钱。用红绳系了钱，坠了各色各样的玩物，女孩子，往往是花啊朵啊，小鹿啊，凤凰啊；男孩呢，则是老虎，狮子，马或者小熊。锁送过来，都要在孩子的脖子上戴一戴，吉祥，避邪。然后就挂在炕墙上。锁越多，孩子的命越好。五姨抬眼看了看锁钱，层层叠叠的，让人眼花缭乱。锁钱不少。这一回，比老大那时候更多。乡间的人，眼皮都活得很呢。两个儿子，就是旧院的两只胆，两条梁。我舅人缘又好，又有手艺——我舅是很好的厨子，不知道跟谁学的，也许是无师自通，做得一手好饭菜。乡间，婚丧嫁娶，过满月，待干亲，谁家置办酒席，都少不得请我舅帮忙。对于其间的繁文缛节，什么开席茶，安席饭，扫席面，七大碟子八大碗，几荤几素，几深几浅，我舅都懂。在乡村，手艺人受人敬重。可别小看了这手艺，大凡办酒席的，都是人生中的大事。一则是好坏，二则是奢俭。这其中的文章，就难念了。逢这个时候，就只有倚仗我舅。我舅这差事不错。好酒好菜侍候着，最后，还少不得两条好烟带回来。钱倒是不收的。可是，也承了不薄的人情。受惠的人家，总念着什么时候把欠下的这份情还上。比如说，有一回，我姥姥病了，也不是什么大病，就是受了风寒。左邻右舍都来看望。拿不拿东西倒在其次，要的就是这份敬重。再比如说，我舅生了儿子，这送锁钱的，竟是络绎不绝。五姨看着满墙的锁，心里是百种滋味。有点甜，有点酸，又有点苦。说不清，真说不清。透过窗子，我姥姥的影子投过来，一伸一缩，正在晾尿片子。五姨闭了闭眼。怎么说呢？对我姥姥，自从那回事以后，五姨心里就有了结。这个结是个死结，一辈子，她都没有再打开。其间，她也努力过。怎么说也是自己的母亲，骨肉血亲，能怎样呢？可是，没用。她看着姥姥为两个孩子操劳，她也心疼，姥姥是一年一年老了。然而，也还是怨恨。姥姥是真心疼爱这两个孩子。她把老大尿尿，一只手端着，一只手拨弄着孩子的小雀子，嘴里嘘着哨子，孩子冷不防尿出来了，尿了她一手，她倒呵呵笑了。也有时候，她把孩子的小脚放在嘴里，含着，孩子怕痒，格格地笑。五姨冷眼看着这一切，不知怎，心里却是恼得很。八辈子没见过儿子。王姨恨恨地想。心里有个地方就疼了一下。

还有我舅。饭桌上，我舅坦然接过姥姥递过来的饭碗，对姥姥，竟是连让也不让一下。当初，我舅是多么地恭顺有礼，说话，做事，全是晚辈的样子。这些年，谁把他惯成了这副德行？当真是没见过儿子。姥姥又给我舅添了一回饭，那神情，殷勤，近乎谄媚了。五姨吃着吃着，当地把碗一放，回了东屋。

院子里寂寂的。蝉声热烈，阳光爬上窗子，静静地盛开。五姨看了一眼怀里的孩子，毛茸茸的小脑袋，把她的胸脯扎得直痒痒。她觉出自己是出了汗。一生气就出汗，她知道自己的毛病。方才，也许自己是太不讲理了。一边是母亲，一边是丈夫，再怎么，都是至亲的人。她也不知道，自己怎么就生了那么大的气。可是，她看不得这个。自小，姥姥在她的眼里，是多么威严的一个人物。在旧院，姥姥就是王。她敏锐，决断，果敢，在任何事上，都有一种慑人的气势。她是旧院的主心骨。是这女儿国里的男人。姥爷不算。从很小的时候，姥爷在这个家，在旧院，就是可有可无的角色。他跟她们，是不相干的。相比之下，在女婿面前，姥爷倒是保持了一个长辈应有的威严。当然，姥爷向是只顾自己的人。在他眼里，没有旁的人。五姨伸手把孩子鼻尖上的汗揩去，在衣襟上擦了，看着炕角的一个包袱，发呆。那是我的几个姨送来的，孩子的棉袄。这地方有个风俗，姨的裤，姑的袄。新添了孩子，都得按这规矩，送裤或者送袄。我的几个姨，都送了袄。她们是把自己当作孩子的姑姑了。倒不全是一个称呼。姐妹们，回到旧院，显见得拘谨了。见了面，也没有了往日里的亲密无间，说话，做事，总是觑着她的脸色，很生分了。乡间有句话，媳妇越做越大，闺女越做越小。看来，大家是把她当作旧院的媳妇了。既是媳妇，就势必不那么同心同德。而且，姥姥的养老送终，也是五姨的事情。这样一来，就不一样了。有时候，姐妹们回来，说着说着，就说起了各自的婆婆。在乡间，这是女人们永恒的话题。婆婆的刁蛮，昏聩，自己的隐忍，或者机智。正说到有趣处，却忽然缄了口。五姨把孩子往怀里紧一紧，也沉默了。她怎么不知道，在众人眼里，自己的角色变了。她和姥姥，是母女，但更是婆媳。这很微妙，也很尴尬。她恨这种关系。有时候，她就想，她这一生，总也不会有津津有味向人宣讲婆婆的不是的时候了。而且，在村子里，因为是本村的闺女，也几乎少有人同她玩笑。再不像别的媳妇，孩子都老大了，还总是忆起当年的厉险。大都是新婚的时候，被谁轻薄了去，被谁差点占了便宜，被谁熬了几个通宵，硬是把个铁打的汉子熬倒了。数说起这些的时候，她们的眼睛闪闪发亮，脸上却是红的。她们是想起了自己的好时候。人的一生，谁没有好时候？可是，五姨记起来的，却总是东屋里的压抑和拘谨，还有，夜晚，窗子上那个模糊的影子。即便是现在，男人们，大都是本家，在她面前总是一本正经，说话做事，深浅都不是。五姨叹一口气。她自问不是一个轻浮的人，然而，看见别的媳妇被男人们任意地玩笑着，脸上讪讪的，心里却觉出了无味。这算什么，闺女不是闺女，媳妇不是媳妇。当初，她可再也想不到，在自家门口做媳妇的难堪。相形之下，我舅倒是自在得很。我舅人灵活，又风趣，本院的年轻媳妇们，少不得同他调笑起来，不觉就忘了形。逢这个时候，我舅总是涎着一张脸，很受用的样子。五姨心里就恨一声，几天都不给他好脸子。

关于我舅和桂桂的事，我是后来从大人们的只言片语中听来的。桂桂是本家的一个媳妇，女婿长年在外，把她一个人扔在家里。说起来，桂桂算不得漂亮，尤其是同五姨相比。可是，天下就有这样一种女人，她们天生是男人身上的肋骨。她们迷人。我很记得，当年的桂桂，穿着家常的小棉袄，胸脯鼓鼓的，腰是腰，屁股是屁股。她看人的时候，眼睛微微眯起来，眼风一飘，很风情了。村子里，有多少男人为她睡不着觉。他们有事没事就往桂桂院子钻，近不得身，哪怕看一眼也好。桂桂却向来是落落大方的，给男人们倒水，递烟，从来不厚此薄彼。女人们都恨得咬碎了牙，却又抓不到什么，也只好把这怨恨藏在心里，暗地里，却把自家的男人盯紧，把自家的篱笆扎牢。五姨是一个细心人。有一回，夜里，看见我舅的身上有抓痕。一看就是女人的指甲，起着檩子，鲜明得很。五姨看了一眼自己剪得秃秃的手指，心里咚地跳了一下。自此，她就留了意。对于我舅，五姨向是放心的。在自家门口，谅他也不敢。可是，这一回，五姨再想不到，我舅就是在翟家的门口，在翟家院里，同翟家的媳妇勾搭上了。五姨看着枕边这个男人，他打着鼾，不疾不徐。月亮从窗格子里漫过来，照着五姨腮边的泪水。有好几回，她恨不能把这个男人撕碎了。她想把他揪起来，唾到他的脸上，质问他。她想站到房上，骂那个不要脸的小妖精，让一村子的人都知道他们的丑事。可是，她不能。五姨看了一眼两个儿子，他们睡得正熟。北屋里传来姥姥的咳嗽声。五姨心头涌起一重很深的怨恨。她不能。在别人，这正是女人撒泼的时候，也趁机把男人枝枝杈杈的歪心思整一整。可是，她不能。我舅是旧院的上门女婿，却在门外面偷了腥。只这一条，就会要了我姥姥的命。姥姥是一个极要脸面的人。还有我舅，很可能，因为这个，他在旧院，在人前，再也抬不起头。五姨一夜辗转，早上起来的时候，脸上已是平静如水，心里却暗暗拿定了主意。她照常吃饭，干活，逗孩子。在人前，对我舅，只有比先前更体贴殷勤。背后，却不肯多看他一眼。村子里，多的是百无聊赖的闲人。他们原希望能看一场轰轰烈烈的好戏，可是却失望了。五姨针插不入，水泼不进，闲话和流言，只有到旧院门前而止。我舅是个聪明人，什么看不出？对五姨，又愧疚，又感激，他知道，从此他欠了她。好在来日方长，漫漫的一生，且容他慢慢还来吧。

八

　　那时候，村子里已经渐渐有了不一样的气息。新
鲜，诱惑，蠢蠢欲动。田地都分到了各家各户，再也没
有了生产队。生产队，或许没有人知道，我，一个乡村
长大的女孩子，对这个词怀有怎样的一种情感。直到现
在，多年后的今天，在城市，在北京，某一个黄昏，或
者清晨，我会忽然想起这个词，想起这个词的深处所包
含的一切。欢腾，明亮，喜悦，淳朴。总之，乡村生活
的珍贵记忆，都有了。而今，人们都忙忙碌碌，为了生
活奔波。一切都是向前的，人们匆匆赶路，停不下来。
再不像从前。从前，人们悠闲，从容，袖了手，在冬日
的太阳底下，静静地晒着。或者是夏天，夜晚，搬了小
凳，到村东的大树下纳凉。老人们摇着蒲扇，又讲起了
古。戏匣子里，正在说评书。庄稼的气息在空气中流
荡，让人沉醉。然而，现在，一切都变了。人们躁动，
不安，心里给自己定下一个目标，然后，用几个月，几
年，甚至半生，去追逐。有时候，他们什么也没有得

到，除了一日3地衰老。有时候，他们得到了一些，可是，依然不快乐。付出了那么多，得到的，却永远是这么少。他们不满足。他们的不快乐源于他们的不满足。然而似乎，他们总没有满足的时候。不像从前。那时候，他们平和，简单，也快乐，也满足。这是为什么呢？他们甚至没有时间停下来，认真想一想。人世是变了。有一回，我父亲叹道。其时，我已经离开村子，在外地读书。母亲的身体一日不如一日。家里家外，全凭了父亲独力支撑。我记得，父亲在油榨坊做过，承包过面粉厂，干过皮革加工，总之，那些年，父亲勤勉，辛劳，为了这个家，他用尽了心力。这期间，父亲辉煌过，经历过很多艰难，可是从来不曾落魄。父亲是个要强的人，他爱面子。有两年，刚兴起万元户的时候，他被人喊作老万。老万。父亲骂一句，也就笑了。有一回，整理旧书，发现了以前的账本作业，一下子想起了当年。父亲的算盘，也不知道丢在哪里了。那些流逝的岁月，父亲他，还记得么？

旧院也不一样了。怎么说呢，这些年，我舅一直不大如意。仿佛是一夜之间，人们都自顾朝前冲去了。只留下他，在原地，怔怔的，半晌省不过来。人心也散了。对于他，对于他的手艺的敬重，越来越淡了。这是个什么时代，物质如此丰盛，繁华，到处是商场，超市，什么买不到？只要你有钱。天气晴好的日子，我舅立在院子里，看着头顶树叶缝隙里的天空，发呆。他是这样一个人，聪明，灵活，擅长处理各种关系，人与人的，事务的，他还识文断字——这一点，我一直没有来得及说。早在来旧院之前，我舅在村子里的小学教书，民办教师，很多村里的子弟，都曾是他的学生。后来，到了旧院以后，就不教了。有人说，是学校里裁人，裁下去了。也有人说，是民办教师也须得考试。我舅的说法是，没意思——钱又不多，又操心。现在想来，可能我舅的话是真的。没意思。在我舅眼里，什么是有意思？我舅喜欢侃。我至今仍记得他当时的样子，穿着假军装，口若悬河，那神态，那语气，有一种很特别的吸引力。在村子里，他有着别的男人少有的见识和风度。我想，大概当初五姨就是看上了他的这种少有。还有桂桂。可是，这一生，我舅似乎总是耽于想象和清谈。他几乎从来都懒于实践。或者是怯于。当村子里的人都如火如荼地赚钱的时候，他照常守着旧院，守着旧院的寂寞和清贫。孩子们渐渐大了。姥姥姥爷也老了。家里，花钱的地方越来越多。五姨也发愁，更多的是埋怨。我舅，眼见得一日日消沉了。几个姨父，当初都被他贬损过的，如今都过得比他好了。尤其是小姨父，那个月夜的青年，一直被认为配不上小姨，老实，木讷，几锥子扎不出一个屁，用我舅的话说，这两个人，一辈子怕都翻不了身了，现在，竟也做起了生意，而且，越做越大，直至后来，自己开起了工厂，方圆几十里的村子，都在他的手下谋生活，也包括我舅一家。甚至，帮旧院的两个孩子盖房娶亲。当然，这都是后话了。现在，我舅立在院子里，一只黄蜂，环在他身畔，营营扰扰地飞。他也不去管它。阳光静静地绽放，院子里寂寂的，微风把树影摇碎，凌乱了一地。一朵枣花落下来，栽在他的肩上，只一会儿，就又掉下来，掉在水瓮里，悠悠地打着旋儿。我舅盯着那朵枣花，失神了很久。当初，来到旧院的时候，他也许再没想到，会有怎样一种命运，降临到他的头上，他这个意气风发的青年，旧院的娇客，会经历怎样的生活的碾磨。其间，虽有不甘，挣扎，却也渐渐学会了隐忍和屈从。在时代的风潮中，他渐渐被湮没了。

姥爷去世以后，旧院愈发寂静了。姥姥坐在枣树底下，看着地上白金的影子，煌煌地晒着，仿佛整个院子都是阳光的荒漠了。孩子们去上学了。五姨，给人家钉皮子。这地方的人，这些年，几乎家家户户做皮革加工。算起来，还是我父亲开的风气之先。之后，渐渐普及了。村子里到处弥漫着一股皮革的臭味。从人家院子的水道里，流出一股股的污水，汇在一起，在街上肆意淌着。然而，人们久在其中，不闻其秽，相反，倒是情不自禁的喜悦。弄皮革，和弄地相比，简直是天上地下。机器訇訇响着，巨大的转鼓隆隆滚动，难闻的气味中，人们分明辨出了硬扎扎的钞票的气息。只有旧院，一如既往地安静。钉皮子是一桩苦差。烈日下，旷野里，蹲在地上，不停地钉啊钉，猛然站起来的时候，脑子轰的一声，太阳都是黑的了，眼前却是金灯银灯乱走。想来，五丫头也是四十好几的人了，这份苦，怎么受得了。可是，又能怎样呢。原指望，招个女婿，顶门立户，遮风避雨，谁想到，竟是这样一种性子。世事难料啊。

如今，姥姥是老了。有时候，夜里睡不着，想起这么多年，种种艰辛，磨难，不堪，像一场乱梦，她都不愿去想了。早在五姨生老大的时候，她就知道，她的时代，是过去了。自此，旧院是年轻一代的天下。女儿女婿，也变了。人前倒不怎么样。没人的时候，对她却是淡淡的，有时候搭讪一句，也待理不理的，自己的一张脸倒先自涨红了。这么些年，她也不知道，怎么就到了这样一种光景。没有理由。他们没有理由。尤其是，姥爷去世以后。她更孤单了。这一辈子，她最后悔的事，就是嫁给了姥爷。这个男人，她恨他，怨他，轻视他，简直咬碎了牙。可是，如今，他去了，她整个人却迅速枯萎下来。自此，再没有人让她这样切齿地伤心了。然而，终究还是冷。姥爷安闲了一生，到最后，自顾拂袖而去了，带走了大半生的岁月，独把她留在这个世上，继续煎熬。姥爷的丧事，是姥姥一手操办的。她坚持要我舅作为孝子，披麻戴孝。这是当初入赘的条件。管事的人磨破了嘴，僵持了几日，终于没能如愿。一个折中的办法是，我舅的大儿子亮子，也有十岁了，个头也高，替父亲给爷爷送终，总算不得特别难看。在乡村，儿子这个角色，在这种时候，在父母百年之后的丧事上，格外触目。那些日子，姥姥一直沉默。她是一个老派的人，她看重这些。然而，她还是妥协了。夜里，睡不着的时候，她看着黑暗中的屋顶，为自己的妥协感到羞耻。然而，终究是无奈。有时候，她也会想起姥爷，这个狠心人，他的种种好处。想起年轻时候的一些事情，青草碧树一般的年华，想着想着，就恍惚了。怎么一下子，还来不及怎样，就都过去了？她叹一声，翻个身，骨骼在身体里嘎吱响着。

直到如今，姥姥才明白，她可以任意地对待姥爷，但是，她不能任意地对待儿女。比如，我舅和五姨，比如我父亲和母亲。父亲和母亲是极孝顺的，可是，她却无法坦然接受他们的孝心。她总觉得当年亏待了他们。

孩子们倒是对她很亲厚。他们是她抱大的。在她身上尿过，拉过，吸过她干瘪的奶。现在他们长大了。像小鸟，扑棱棱飞出旧院。在他们面前，她再也不提起儿时的趣事。她怕他们难为情，怕他们烦。都是陈年旧事了。满堂儿女，她还是感到孤单了。她这是怎么了？真是身在福中，不知福了。

我的姨们也回来。都是匆匆的，带着各自琐碎的烦愁和伤悲。她们陪她坐着，说说家常，说着说着就沉默了。早些年，过年的时候，旧院里最是热闹。女儿们都回来了，拖家带口的。男人们在屋子里喝酒，女人们在院子里，坐着凳子，说话。姥姥穿着大襟的布衫，梳着髻，抱着个坛子，给人们分醉枣。孩子们跑着，锐叫着，一院子的欢声笑语。我姥姥看看这个，瞅瞅那个，脸上是藏不住的心满意足。她喜欢这种气息，太平，安稳，欢乐，这是旧院的盛世。人这一生，还能有什么奢望？可是，后来，都不同了。她老了，耳朵也背了。她盘腿坐在炕上，看着孩子们兴头头说得热烈，却是听不真切了。偶尔，插一句嘴，也全是错，倒把人家的兴致扰了。姥姥望望地上的儿孙，又望一望墙上的相框，那是她坚持留下来的。玻璃已经很模糊了，不是不擦，是擦不出来。里面全是孩子们的照片，影影绰绰的，看不真切了。这一晃，多少年了。

那时候，我已经在很远的城里读书了。寒假回来，少不得要到旧院，看姥姥。我和几个姨们说话，讲起城里的趣事，都笑了。姥姥很惊讶地抬起头，看着我们，不知道发生了什么，然而很快就释然了。孩子们在笑。她张开没牙的嘴，也笑了。我心里一酸。我们都以姥姥的名义，聚到旧院，可是，我们却把姥姥忽略了。我们明知道姥姥耳背，她听不见，我们还是照常说笑。下午的阳光照过来，温暖，悠长，让人昏昏欲睡。无数的飞尘在光线里活泼泼地游动着。姥姥坐在炕上，沉默地看着我们。我们这些儿孙，冷酷，自私，竟舍不得放弃一时口舌之快，走过去，坐在姥姥身旁，摸一摸她老树般的手，她苍老的面容，她的白发，俯在她的耳朵边，说一句她能够听清的话。我们把年迈的姥姥，排除在外了。

多年以后，我从京城回到村子，回到旧院，姥姥是越发苍老了。我舅一家，早已离开了旧院，他们到新房安居了。旧院，在儿时的记忆里，宽阔，轩敞，青砖瓦房，有一种说不出的气派。可是，如今，在周围楼房的映衬下，却显得那么矮小，狭仄。这是当年那个旧院么？在这里，有我迷茫的童年岁月，我的姨们，盛开的青春，我父亲和母亲，我舅和五姨，这两对年轻人，携着手，在旧院走过了他们的苦乐年华。当然，还有我的姥姥姥爷，他们一生的艰辛，困顿，微茫的喜悦，漫无边际的伤悲，都在这里了。

那棵枣树还在。据说，有好几回，我舅要刨掉它，遮了半间房子，粮食都不好晒，都被姥姥劝阻了。枣树更茂盛了。开花的时候，如雪，如霞，繁华一片。引得蜜蜂在院子里飞来飞去，一不小心，把我舅的孙子蜇哭了。姥姥茫然地看着他，这是谁家的孩子？秋天，枣子挂了一树，风一吹，熟透的枣子落下来，啪嗒一声闷响，倒把昏睡的老猫吓了一跳。醉枣，姥姥早已不做了。那个坛子，也不知到哪里去了。这么多年，走了这么多的路，我却再没有吃到那么好的醉枣了。香醇，甘甜，那真是旧院的醉枣。而今，都远去了，再也寻觅不到了。

「爱情到处流传」

那时候，我们住在乡下。父亲在离家几十里的镇上教书。母亲带着我们兄妹两个，住在村子的最东头。这个村子，叫作芳村。芳村不大，也不过百十户人家。树却有很多，杨树，柳树，香椿树，刺槐，还有一种树，到现在我都不知道它的名字，叶子肥厚，长得极茂盛，树干上，常常有一种小虫子，长须，薄薄的翅子，伏在那里一动不动。待要悄悄把手伸过去的时候，小东西却忽然一张翅子，飞走了。

　　每个周末，父亲都回来。父亲骑着那辆破旧的自行车，在田间小路上疾驶。两旁，是庄稼地。田埂上，青草蔓延，野花星星点点，开得恣意。植物的气息在风中流荡，湿润润的，直扑人的脸。我立在村头，看着父亲的身影越来越近，内心里充满了欢喜。我知道，这是母亲的节日。

在芳村，父亲是一个特别的人。父亲有文化。他的气质，神情，谈吐，甚至，他的微笑和沉默，都有一种与众不同的东西。这种东西把他同芳村的男人们区别开来，使得他的身上生出一种特别的吸引力。我猜想，芳村的女人们，都暗暗地喜欢他。也因此，在芳村，我的母亲，是一个很受人瞩目的人。女人们常常来我家串门，手里拿着活计，或者不拿。她们坐在院子里，说着话，东家长，西家短，不知道说到什么，就嘎嘎笑了。这是乡下女人特有的笑，爽朗，欢快，有那么一种微微的放肆在里面。为什么不呢？她们是妇人。历经了世事，她们什么都懂得。在芳村，妇人们，似乎有一种特权。她们可以说荤话，火辣辣的，直把男人们的脸都说红了。可以把某个男人捉住，褪了他的衣裤，出他的丑。经过了漫长的姑娘时代的屈抑和拘谨，如今，她们是要任性一回了。然而，我父亲是个例外。

微风吹过来，一片树叶掉在地上，闲闲的，起伏两下，也跑不到哪里去。我母亲坐在那里，一下一下地纳鞋底。线长长的，穿过鞋底子，发出哧啦哧啦的声响。对面的四婶子就笑了。拙老婆，纫长线。四婶子是在笑母亲的拙。怎么说呢？同四婶子比起来，母亲是拙了一些。四婶子是芳村有名的巧人儿，在女红方面，尤其出类。还有一条，四婶子人生得标致。丹凤眼，微微有点吊眼梢，看人的时候，眼风一飘，很媚了。尤其是，四婶子的身姿好，在街上走过，总有男人的眼睛追在后面，痴痴地看。在芳村，四婶子同母亲最亲厚。她常常来我们家，两个人坐在院子里，说话，说着说着，两个脑袋就挤在一处，声音低下来，低下来，渐渐就听不见了。我蹲在树下，入迷地盯着蚂蚁阵，这些小东西，它们来来回回，忙忙碌碌。它们的世界里，都有些什么？我把一片树叶挡在一只蚂蚁面前，它们立刻乱了阵脚。这小小的树叶，我想，在它们眼里，一定无异于一座高山。那么，我的一口口水，在它们，简直就是一条汹涌的河流了吧。看着它们惊慌失措的样子，我咯咯地笑出了声。母亲诧异地朝这边看过来，妮妮，你在干什么？

在芳村，没有谁比我们家更关心星期了。在芳村，人们更关心初一和十五，二十四节气。星期，是一件遥远的事，陌生而洋气。我很记得，每个周末，不，应该是过了周三，家里的空气就不一样了。到底有什么不一样呢，我也说不好。正仿佛发酵的面，醺醺然，甜里面，带着一丝微酸，一点一点地，慢慢膨胀起来，让人有一种说不出的喜悦，还有隐隐的不安。母亲的脾气，是越发好了。她进进出出地忙碌，根本无暇顾及我们。我知道，这个时候，如果提一些小小的要求，母亲多半会一口答应。假如是犯了错，这个时候，母亲也总是宽宏的。至多，她高高地举起巴掌，然后，在我的屁股上轻轻落下来，也就笑了。到了周五，傍晚，母亲派我们去村口，她自己，则忙着做饭。通常，是手擀面。上马饺子下马面，在这件事上，母亲近乎偏执了。我忘了说了，在厨房，母亲很有一手。她能把简单的饭食料理得有声有色。在母亲的一生中，厨艺，是她为数不多的可以炫耀的几个资本之一。有时候，看着父亲一面吃着母亲的饭菜，一面赞不绝口，我就不免想，学校里的食堂，一定是很糟糕。一周一回的牙祭，父亲同我们一样，想必也是期待已久的了。母亲坐在一旁，欠着身子，随时准备为父亲添饭。灯光在屋子里流淌，温暖，明亮，油炸花生米的香味在空气里弥漫，有一种肥沃繁华的气息。欢腾，跳跃，然而也安宁，也妥帖。多年以后，我依然记得那样的夜晚，那样的灯光，饭桌前，一家人静静地吃饭，父亲和母亲，一递一句地说着话。也有时候，什么也不说，只是沉默。院子里，风从树梢上掠过，簌簌响。小虫子在墙根底下，唧唧地鸣叫。一屋子的安宁。这是我们家的盛世，我忘不了。

芳村这个地方，怎么说呢？民风淳朴。人们在这里出生，长大，成熟，衰老，然后，归于泥土。永世的悲欢，哀愁，微茫的喜悦，不多的欢娱，在一生的光阴里，那么漫长，又是那么短暂。然而，在这淳朴的民风里，却有一种很旷达的东西。我是说，这里的人们，他们没有文化，却看破了很多世事。这是真的。比如说，生死。村子里，谁家添了丁，谁家老了人，在人们眼里，仿佛庄稼的春天和秋天，发芽和收割，是再平常不过的事情。往往是，灵前，孝子们披麻戴孝，红肿着一双眼，接过旁人扔过来的烟，点燃，慢慢地吸上一口，容颜也就渐渐干了。悲伤倒还是悲伤的。哭灵的时候，声嘶力竭，数说着亡人在世的种种好处和不易，令围观的人都唏嘘了。然而，院子里，响器吹打起来了，悲凉的调子中，竟然也有几许欢喜。还有门口，戏台子上，咿咿呀呀唱着戏。才子佳人，花好月圆。峨冠博带，玉带蟒袍。大红的水袖舞起来，风流千古。人们喝彩了。孩子们在人群里跑来跑去，尖叫着。女人们在做饭，新盘的大灶子，还没有干透，湿气蒸腾上来，袅袅的，混合着饭菜的香味，令人感到莫名地欢腾。在这片土地上，在芳村，对于生与死都看得这么透彻，还有什么看不开的呢？然而，莫名其妙地，在芳村，就是这么矛盾。在男女之事上，人们似乎格外看重。他们的态度是，既开通，又保守。这真是一件颇费琢磨的事情。

父亲回来的夜晚，总有人来听房。听房的意思，就是听壁角。常常是一些辈分小的促狭鬼，在窗子下埋伏好了，专等着屋里的两个人忘形。在芳村，到处都流传着听来的段子，经了好事人的嘴巴，格外地香艳撩人。村子里，有哪对夫妻没有被听过房？我的父亲，因为长年在外的缘故，周末回来，更是被关注的焦点。为了提防这些促狭鬼，母亲真是伤透了脑筋。父亲呢，则泰然得多了。听着母亲的唠叨，只是微笑。现在想来，那个时候，父亲不过才三十多岁，正是一个男人一生中最好的年华。成熟，笃定，从容，也有血气，也有激情。还有，父亲的眼镜。在那个年代，在芳村，眼镜简直意味着文化，意味着另外一种可能。父亲的眼镜，它是一种标志，一种象征，它超越了芳村的日常生活，在俗世之外，熠熠生辉。我猜想，村子里的许多女人，都对父亲的眼镜怀有别样的想象。多年以后，父亲步入老年，躺在藤椅上，微阖着双眼，养神。旁边，他的眼镜落寞地躺着。夕阳照在镜框上，一线流光，闪烁不已。我不知道，这个时候，父亲会想到什么。他是在回想他青枝碧叶般的年华吗？那些肉体的欢腾，那些尖叫，藏在身体的秘密角落里，一经点燃，就喷薄而出了。它们曾那么真切地存在过，让人慌乱，战栗。然而，都过去了。一片阳光从树叶的缝隙里漏下来，落在他的脸上，他微微蹙了蹙眉，把手遮住额角。

　　周末的午后，母亲坐在院子里，把簸箕端在膝头，费力地勾着头。天热，小米都生虫子了。蝉在树上叫着，一声疾一声徐，刹那间，就吵成了一片。母亲专心捡着米，也不知想到了什么，就脸红了。她朝屋里张了张，父亲正拿着一本书在看，神态端正，心里就骂了一句，也就笑了。她顶喜欢看父亲这个样子。当年，也是因为父亲的文化，母亲才决然地要嫁给他。否则，单凭父亲的家境，怎么可能？算起来，母亲的娘家，祖上也是这一带有名的财主。只是到后来，没落了。然而架子还在。根深蒂固的门户观念，一直延续到我姥姥这一代。在芳村，这个偏远的小村庄，似乎从来没有受到时代风潮的影响。它藏在华北平原的一隅，遗世独立。这是真的。母亲又侧头看了一眼父亲，心里就忽然跳了一下。她说，这天，真热。父亲把头略抬一抬，眼睛依然看着手里的书本，说可不是——这天。母亲看了父亲一眼，也不知为什么，心头就起了一层薄薄的气恼。她闭了嘴，专心捡米。半晌，听不见动静，父亲才把眼睛从书本里抬起来，看了一眼母亲的背影，知道是冷落了她，就凑过来，俯下身子，逗母亲说话。母亲只管耷着眼皮，低头捡米。父亲无法，就叫我。其时，我正和邻家的三三抓刀螂，听见父亲叫，就跑过来。父亲说，妮妮，你娘她，叫你。我正待问，母亲就扑哧一声，笑了，说妮妮，去喝点水，看这一脑门子汗。然后回头横了父亲一眼，错错牙，你，我把你——很恨了。我从水缸子的上端，懵懵懂懂地看着这一切，内心里充满了莫名的欢喜，还有颤动。多么好。我的父亲和母亲。多年以后，直到现在，我总是想起那样的午后。阳光。刀螂。蝉鸣。风轻轻掠过，挥汗如雨。这些，都与恩爱有关。

　　周末的时候，四婶子很少来我家。偶尔从门口经过，被我母亲叫住，稍稍立一下，说上两句，很快就过去了。看得出，此时，母亲很希望别人同她分享自己的幸福。母亲红晕满面，眼睛深处，水波荡漾，很柔软，也很动人。说着话，常常忽然就失了神。人们见了，辈分小的，就不禁开起了玩笑。母亲轻声抗辩着，越发红了脸。也有时候，四婶子偶尔来家里，同我母亲在院子里说话。我父亲在屋子里，静静地看书。我注意到，这个时候，他看得似乎格外专心。他盯着书本，盯着那一页，半晌，也不见翻动。我轻轻走过去，倒把他吓一跳。说妮妮，捣什么乱。

事情是什么时候开始发生变化的呢？我说不好。总之，后来，记忆里，我的母亲总是独自垂泪。有时候，从外面疯回来，一进屋子，看见母亲满脸泪水，小小的心里，既吃惊，又困惑。母亲看到我，慌忙掩饰地转过身。也有时候，会一把把我揽在怀里，低低地啜泣不已。我伏在母亲的胸前，不知道究竟发生了什么。母亲的身体微微颤抖着，我能够感觉到，来自她内心深处的强烈的风暴，正在被她竭尽全力地抑住。我想问，却不知道该问些什么，如何开口。在我幼小而简单的心目中，母亲是无所不能的。她能干。这世上，没有什么能够难倒她。后来，我常常想，当年的母亲，一定知道了很多。她一直隐忍，沉默，她希望用自己的包容，唤回父亲的心。她装作什么都不知道。平日里，家里家外，她照常操持着一切。每个周末，她都会像往常一样，迎接父亲回来。对父亲，她只有比从前更好，温存，体贴，甚至卑屈，甚至谄媚。而且，一向不擅修饰的母亲，竟也渐渐开始了打扮。多年以后，我才发现，原来，母亲的打扮是有参照的。当然，你一定猜到了，这个参照，就是四婶子。

怎么说呢？在芳村，四婶子是一个特别的人物。四婶子的特别，不仅仅在于她的标致。更重要的是，四婶子有风姿。这是真的。穿着家常的衣裳，一举手，一投足，就是有一种动人的风姿在里面。你相信吗？世上有这样一种女人，她们天生就迷人。她们为男人而生。她们是男人的地狱，她们是男人的天堂。直到后来，我常常想，父亲这样一个读书人，敏感，细腻，也多情，也浪漫，偏偏遇上四婶子这样的一个人物，什么样的故事是不可能的呢？我忘了说了，四叔，四婶子的男人，早在新婚不久，就辞世了。据说是患了一种怪病。村子里的人都说，什么怪病！丑妻，近地，家中宝。这是老话。也有人说，桃花树下死，做鬼也风流。听的人就笑起来，很意味深长了。

关于父亲和四婶子，在芳村，有很多版本，流传至今。在人们眼里，这一对人儿，一个郎才，一个女貌，真是再相宜不过了。然而——人们叹息一声，就把话止住了。然而什么呢？人们摇摇头，又是一声叹息。我说过，芳村这个地方，对于男女之事，向来是自相矛盾的。保守的时候，恨不能唾沫星子把犯错的人淹死。开通的时候，怎么说呢？在芳村，庄稼地里，河套的林子间，村南的土窑后面，在夜色的掩映下，有多少野鸳鸯在那里寻欢作乐。有时候，我想，父亲和四婶子，他们之间，或许真的热烈地爱过。也或许，一直到老，他们依然在爱着。我不愿意相信，当年，父亲只是偶一失足，犯了男人们常犯的毛病。当然，这一桩风流事惹恼了很多人。男人们，对我的父亲咬牙切齿。女人们，则恨不能把四婶子撕碎。她们跑到母亲面前，声声诅咒着，替母亲不平。在她们眼里，父亲是无辜的。是四婶子，这个狐狸精，勾引了父亲，坏了他的清名。母亲只是听着，也不说话，脸上淡淡的，始终看不出什么。

周末，父亲照常地回家。我和哥哥受母亲的委派，在村口迎他。夕阳在天边慢慢融化了，绯红的霞光一片热烈，简直就要燃烧起来了。远处的树啊庄稼啊都被染上一层薄薄的金红。远远地，有一个黑点渐渐移过来，越来越近，越来越近。是父亲。我们欢呼起来。暮色一点一点笼罩下来，黄昏降临了。我们跟在父亲身旁，雀跃着，回家。淡紫色的炊烟在树梢上缠绕，同向晚的天色融在一起，很快就模糊了。至今，我老是想起那样的场景。黄昏，我们同父亲回家。家里，有温暖的灯光，可口的饭菜，还有，忙碌的母亲，她似乎从一开始就在那里，永远在等。

　　一家人静静地吃饭。父亲和母亲，照常说说闲话。我和哥哥，为了什么争执起来，打着嘴仗，手里的筷子也成了兵器，说着说着就纠缠在一起。父亲呵斥着我们，骂我们不懂事。你们两个，能不能让你娘少操些心？我们都住了口，默默地吃饭。母亲却忽然扭过头去，我惊讶地发现，她的眼里，分明有泪光。父亲不说话。他的半边脸隐在灯影里，灯光跳跃，我看不清他的表情。那一天，晚上，我半夜里醒来，听见母亲低低的啜泣，压抑地，却汹涌，仿佛从很深的地方，一点点升上来。父亲也例外地没有了鼾声。夜色空明，我想挣扎着睁开眼睛，然而，一不小心，又一脚跌入夜和梦的深渊。我实在是太困了。

现在想来，那个时候，父亲和母亲，或许正在经历着一生中最致命的一场危机。他们在人前若无其事，尤其是，在我和哥哥面前，几乎从来没有流露过什么。然而，可以想象，在他们的内心深处，正在经受着怎样的海浪，潮汐，以及飓风。他们站在岁月的风口处，听任那些袭击降临，一次又一次。当然，平日里，他们也吃饭，睡觉。逢红白喜事，一起出礼。他们端正，平和，像天下大多数夫妇一样，昵近，亲厚，也淡然，也家常。一个眼神，一个手势，一句欲言又止的话，不待开口，全都心领神会了。人们见了，非常诧异了。当然，这里面，也有隐隐的失望和释然。因笑道，怎么样——我早说过的——

对这件事，母亲一直保持沉默。她没有像大多数女人一样，找上那个狐狸精的门，撒泼，示威，直唾到她的脸上，出尽胸中的那口恶气。在家里，也没有跟父亲闹。母亲照常把家里家外收拾得清清爽爽，然后，把自己打扮整齐，等父亲回家。我记得，母亲甚至托人买了雪花膏。在那个年代，在芳村，雪花膏简直是天大的奢侈。一种精巧的小瓶子里，盛了如玉如脂的东西。我曾经趁母亲不注意，偷偷地尝试过，那一种香气，芬芳馥郁，令人想起所有跟美好有关的一切。后来，只要想到爱情，我总是想起多年前的那一种香气，穿越时光的尘埃，它扑面而来，让人莫名地心疼，黯然神伤。

四婶子，几乎再也不来我家串门了。不是万不得已，总是绕开我家的门口，宁愿多走一段冤枉路。有时候，在街上遇见，也是赶忙把眼睛转向别处，只作没有看见了。有一回，是个傍晚吧，我们几个孩子捉迷藏，绕来绕去，我看见一个麦秸垛。在乡间，到处都是这样的麦秸垛。麦秸垛已经被人掏走一块，留下一个窝，正可以容身。经了一天的日晒，麦秸垛散发出一种好闻的气息，夹杂着麦子的香味，热烈，干燥，热烘烘的，把人紧紧包围。小伙伴的声音由远而近，看到了，早看到你了——妮妮——我躲在麦秸垛里，一颗心怦怦直跳，紧张，不安，还有模模糊糊的兴奋，我的心简直要蹦出来了。忽然，我听见一阵脚步声，很轻，但是很急。在麦秸垛前面，停住了。我的心跳得更厉害了。一定是三三，他识破我了。可是，却迟迟没有动静。许久，一个女人说，天，黑了。是四婶子。这个时候，四婶子是来抽麦秸吧。可不是，天都黑了。父亲！竟然是父亲！我记得，下午，母亲派父亲去姥姥家了。姥姥家在邻村。

这个时候，父亲，和四婶子，在这麦秸垛后面，他们要做什么呢？我支起耳朵，却再也听不见什么。沉默。沉默之外，还是沉默。然而，在这黏稠的沉默里，却分明有一种异样的东西，它潮湿，危险，也妩媚，也疯狂，像林间有毒的蘑菇，在雨夜里潜滋暗长。也不知过了多久，脚步声，一前一后，渐渐地远了，远了，再也听不见了。我躲在麦秸垛里，一动不动。心头忽然涌上一种莫名的忧伤，还有迷茫。我不知道这是为什么。暮色越来越浓了，四下里一片寂静。一个孩子，她无知，懵懂，仿佛一只小兽，尘世的风霜，还没有来得及在她身上留下痕迹。然而，在那一天，苍茫的暮色中，她却生平第一次，识破了一桩秘密。这是真的。父亲和四婶子，几乎是沉默的，可即便是只语片言，也能够使一些隐秘一泻千里。这是多么奇怪的事情。那一年，我只是个孩子，五岁。那一年，我什么都不懂。

想来，那一天，一定是个周末。我回到家的时候，夜色已经把芳朴淹没了。屋子里，灯光明亮，一家人坐在桌前，桌上，是热腾腾的饭菜。看见我回来，父亲微笑了，说，来，吃饭了。母亲骂道，又去哪里疯了，看这一身的土。我坐在灯影里，静静地吃饭。父亲和母亲，偶尔说上两句。哥哥呢，始终不怎么开口。我忘了说了，从小，哥哥就是一个寡言的人。然而，长大以后，也不知道从哪一天开始，他忽然就变了。变得——怎么说——甚而有些油嘴滑舌了。他风趣，灵活，会说很多俏皮话。跟他相熟的人，谁不知道他那张嘴呢。想想都觉得不可思议。在我的童年记忆里，哥哥一直是沉默的。我无论如何努力，都听不见他的声音。当然，我们总有吵架的时候。吵架的时候不算。父亲和母亲说着话，不知说到了什么，父亲先自笑起来。我疑惑地看了一眼他的脸，平静，坦然，笑的时候，眼角已经有了细细的鱼尾纹。英俊倒还是英俊的。也不知为什么，我忽然感觉到了父亲的不平常。他在掩饰。那些从容后面，全是惊慌。他微笑着，有些艰难，有些吃力——至少，我是这么认为的。他慢慢地喝了一口汤，强自镇定。母亲也笑着。她正把一筷子菜夹到父亲碗里。我停下来，看着父亲，忽然跑到他的身后，把一根麦秸屑从他的头发上摘下来。父亲惊诧地看着饭桌上的麦秸屑，它无辜地躺在那里，细，而且小，简直微不足道。然而，我分明感觉到父亲刹那间的震颤。我是说，父亲的内心，剧烈地摇晃了一下。灯光也倏忽间亮了，也只是一瞬间的事。那一根麦秸屑，衬了乌沉沉的饭桌，变得那么的触目。那一刻，似乎一切都昭然若揭了。母亲抬眼看了一下电灯，咕哝道，这电压，不稳。一只蛾子在灯前跌跌撞撞，显得既悲壮，也让人感到苍凉。

夏天过去了。秋天来了。秋天的乡村，到处都流荡着一股醉人的气息。庄稼成熟了，一片，又一片，红的是高粱，黄的是玉米、谷子，白的是棉花，这些缤纷的色彩，在大平原上尽情地铺展，一直铺到遥远的天边。还有花生，红薯，它们藏在泥土深处，蓄了一季的心思，早已经膨胀了身子，有些等不及了。芳村的人们，都忙起来了。母亲更是脚不沾地。父亲的学校不放假，我们兄妹，又帮不上忙。收秋，全凭了母亲一个人。那些日子，母亲简直要累疯了。她穿着干活的旧衣裳，满脸汗水，疲惫，邋遢，委顿。然而，周末，父亲回家的时候，他看到的，却是另外一个母亲。母亲已经仔细洗了澡，头发湿漉漉的，还没有完全干透。米白的布衫，烟色裤子，浑身上下，无一处不熨帖得体。她把饭菜端上来，笑盈盈的。转身的时候，就有一股雪花膏的香气淡淡地散开来，芬芳而馥郁。父亲看着她的背影，在刹那间，就怔忡了。他在想什么？或许，他是想起了当年。那时候，他们还那么年轻。他最不能忘记的，是她那一头黑发，在颈后梳成两条辫子，乌溜溜的，又粗又长，一直垂到腰际。走起路来，一荡一荡，简直要把他的心都荡飞了。那一回，也是个秋天吧，他们在通往镇上的乡间小路上，一前一后地走。忽然，一只野兔从田野里跑出来，把她吓了一跳。那是他第一次拉她的手。玉米正吐缨子。青草的气息潮润润的，带着一股温凉。风很轻，拂上发烫的脸颊。这一晃，多少年了。母亲把一双筷子递过来。父亲默默接了，半晌，叹一口气。

一直到现在，我都无法明了，我的母亲，是如何独自走过了那一段艰难的岁月。那个年代，物质上，当然是贫乏的。她也曾经为了柴米而犯愁，忍受过旁人的轻侮。也尴尬过，带着两个年幼的儿女，捉襟见肘。然而，那个时候，她再想不到，物质上的贫乏，到底不能把人打倒。同精神上的磨难相比，它简直不值一提。那个时候，她再想不到，人生更大的不如意，还在后面。她还远远没有触及。这是真的。多年以后，母亲老了，坐在院子里，偶尔，抬头看一眼树巅，一片流云轻轻飘过去了。蝉在叫。忽然之间，就恍惚了。这还是多年前的蝉声吗？她也不知道，当年，自己怎么会那么——那么什么呢？她抬手拢一拢头发，微笑了，非常难为情了。父亲这个人，怎么说呢？自己的男人，她怎么不知道？当年，那么多，那么多的磨难，她竟然都一一承受了。有时候，想起来，她自己都不免要惊讶。这惊讶里有得意，也有疼惜。当年，她竟然去找那个女人，四婶子，主动同她交好。她若无其事地叫她，同她说笑，约她一道赶集，下地。请她到家里来，在周末。她和四婶子坐在一处，叽叽咕咕地说着女人间的体己话儿，忽然就哧哧笑了。阳光从侧面照过来，给四婶子镀上了一层淡淡的光晕。她脸颊上的茸毛微微颤动着，说话的时候，偶尔一摆头，眼波流转。母亲从旁看着，心里感叹一声。难怪。现在想来，那个时候，四婶子也不过刚满三十，也许，还不到。正仿佛清晨的花朵，经历了夜雨的洗礼，纯净而娇娆，也成熟，也单白，也宁静，也恣意。母亲入神地看着，不知道想到什么上去了，忽然就红了脸。这两年，也可能，是有些委屈他了。然而——母亲在心里恨一声，自己的男人，她怎么不知道？当然，也不止这些。她知道，她不识字。可是，这怪不得她。在芳村，有几个女人识字？四婶子，也不过是勉强能写写自己的名字罢了。然而——母亲在心里暗想，也许，这些，都不重要。阳光在院子里盛开，满眼辉煌，也有些颓败。母亲坐在椅子上，隔着几十年的时光，静静打量着当年的一切。她叹了一口气，然而也微笑了。她是想起了那一天，想起了父亲。她小孩子一般，得意地微笑了，眼睛深处，却分明有东西迅即无声地淌下来，她抬手擦一把，看一眼四周，自己也不好意思了。

那一天，母亲和四婶子，在院子里说话。父亲不出来，他在屋里看书。眼睛紧紧盯着书上的一行字。那些字密密麻麻，像蚂蚁，一点一点，细细地啃啮着他的心。院子里传来两个女人的轻笑，弄得他心神不宁。他的一只手握着书本，由于用力，都有些酸麻了。他盯着眼前的那一群蚂蚁，仿佛什么都没有看见，他看到虚空里去了。母亲在院子里叫他，扬着声，他这才猛然省过来，答应着，却不肯出去。母亲就派我叫，妮妮——父亲无法，慢吞吞地站起身，他来到院子里，从小井里提出水筲，把冰镇的西瓜拿出来，抱着，去厨房。他从四婶子身旁走过，轻轻地咳一声，把容颜正一正。他在掩饰了。四婶子呢，她坐在那里，半低着头，一团线绕在她的两个膝头，她的一双手灵活地在空中绕来绕去。眼睛向下，待看不看的。我母亲从旁看着这一切，微笑了。

她把一牙瓜递过来，眼睛却看着父亲，问道，甜不甜，这瓜？父亲搭讪着走开去，心里恨得痒痒的。她这是故意——简直是——然而——父亲眼睛盯着书本，黯淡地笑了。

四婶子一辈子没有再嫁，也没有生养。我一直不敢确定，四婶子，这么多年不肯再嫁，是不是为了父亲。在她漫长的一生中，尤其是，当她红颜褪尽，渐渐老去的时候，在无边的夜里，或者，昏昏欲睡的午后，我不知道，她是否还会想起我的父亲。想起当年，那一个意气风发的青年，英俊，儒雅，还有些羞涩，如何见识了她的淹然百媚。那些惊诧，狂喜，轻怜蜜爱，盟誓和泪水，人生的种种得意，以及失意，如今，都不算了。

关于我的父亲，和我的母亲，他们的婚姻，他们的爱情——如果还称得上的话，他们之间的种种纠葛，物质的，情感的，肉体的，精神的，他们之间的挣扎，对峙，相持，以及妥协，以及和解，其实，我并不比芳村的任何一棵庄稼知道得更多。我单知道，他们携了手，在那个年代，在漫长的岁月中，相互搀扶着，走过了许许多多的艰难，困厄。也有悲伤，也有喜悦，也有琐碎的幸福，出其不意的击打。然而，都过去了。记得倒还是记得的。然而，大部分，差不多都已经忘记了。当然，或许，他们是不愿意再去想了。他们的时代，早已经远去了。而今，是我们，他们的儿女的天下了。他们风风火火，来了又去。他们活得认真，没有半点敷衍。这很好。

　　院门开了，想必是孩子们回来了。他们在躺椅里欠一欠身，就又不动了。他们是懒得动了。

「出　走」

从家里出来，陈皮心里轻轻舒了一口气。周末的早晨，整个城市还没有从睡梦中醒来，一切都是恍惚的。阳光从树叶的缝隙里漏下来，新鲜而凌乱，他仰起脸，有一点阳光掉进他的眼睛里，他闭了闭眼。

　　在路边的摊子上吃了早点，陈皮拿手背擦一擦嘴，打了个饱嗝。这个饱嗝打得响亮，放肆，无所顾忌。陈皮心里有些高兴起来。旁边有个女人走过，穿着松松垮垮的睡衣，蓬着头发，脸上带着隔夜的迟滞和懵懂，看了他一眼。陈皮没有以眼还眼。他只是略略地把身子侧了侧，有礼让的意思。其实，陈皮顶恨女人穿睡衣上街。睡衣是属于卧室的，怎么可以在大街上展示？简直连裸体都不如。陈皮知道自己未免偏激了，也就摇摇头，笑了。然而，他终究是有原则的人。旁的人，他管不了。可是艾叶，他一定要管。

想起艾叶，陈皮的心里就黯淡了一下。昨天晚上，他同艾叶吵了架。怎么说呢？艾叶这个人，哪都好，就是性子木了一些。这个缺点，在做姑娘的时候，是看不出来的，甚至，还可以称得上是优点。一个姑娘，羞怯，畏缩，反倒惹人怜爱了。当初，陈皮就是看上了她这一点。陈皮很记得，那一回，他们第一次见面，在滨水公园。是个夏天，艾叶穿一件月白色连衣裙，上面零星盛开着淡紫色的小花。夕阳把她的侧影镀上一层金色的光晕，毛茸茸的，陈皮甚至可以看得清她脸颊上细细的茸毛。陈皮深深地吸了一口气，试探着去捉她的手，她没防备，受了惊吓一般，叫起来。附近的人纷纷掉过头来，朝他们看。陈皮窘极了，简直想找个地缝钻进去。可是，艾叶的那声尖叫，却久久地在他耳边回响。还有她满脸绯红的样子，陈皮想起来，都要不自禁地微笑。真是一个可爱的姑娘。陈皮想。可是，从什么时候，事情发生了变化呢？陈皮蹙着眉，努力想了想，也没有想出来。

街上的市声喧闹起来，像海潮，此起彼落，把新的一天慢慢托起。陈皮把两只手插进口袋里，漫无边际地走。有小贩匆匆走过，挑着新鲜的蔬菜瓜果，水珠子滚下来，淅淅沥沥地洒了一路。陈皮看一眼那成色，要是在平时，他或许会把小贩喊住，讨价还价一番，买上两样。可是，今天不同。今天，他决心对这些琐事，漠不关心。郝家排骨馆也开张了。老板娘扎着围裙，正把一扇新鲜的排骨铺开，手起刀落，砰砰地剁着。骨肉飞溅，陈皮看见，有一粒落在她的发梢上，随着她的动作，有节奏地颤动。陈皮不忍再看，把眼睛转开去。艾叶最爱郝家排骨。可是，又怎么样？陈皮有些愤愤地想。她爱吃，自己来买好了。反正，他不管。

一片树叶落下来，掉在他的肩上，不一会儿，就又掉下去了。陈皮抬手擦了一把汗，他有些渴了。若在平时，周末，他一定是歪在那张藤椅里，在阳台上晒太阳。旁边的小几上，是一把紫砂壶。他喝茶不喜欢用杯子，他用壶。就那么嘴对嘴地，呷上一口，哜哜地吸着气，惬意得很了。通常，这个时候，艾叶在厨房里忙碌。对于做饭，艾叶似乎有着非常的兴趣。往往是，刚吃完早点不久，她就开始张罗午饭了。下午，陈皮一觉醒来，就听见厨房里传来叮叮当当的声响，他就知道，这一定是艾叶。算起来，一天里，倒有一多半的时间，艾叶是在厨房度过的。有时候，陈皮很想跟她说上一句，却又懒得叫。何况，厨房里是那么杂乱，叫上一两声，不见回应，也就罢了。晚上呢，艾叶督着儿子写功课，不一会儿，母子两个就争执起来。陈皮歪在沙发里，把电视的音量调小一些，枕着一只手，听上一会儿，左右不过还是那几句话。做母亲的嫌儿子不专心，做儿子的嫌母亲太絮叨。陈皮皱一皱眉，重又把音量放大。他懒得管。这些年，他是有些麻木了。有时候，陈皮会想起年轻的时候。那时，他们新婚，还没有孩子。艾叶喜欢穿一件淡粉色的睡衣，一字领，后面，却是深挖下去，横着一条细细的带子，露出光滑的背。让人看了忍不住就想去触摸。陈皮爱极了这件睡衣。他知道，艾叶最怕他吻她的背。他喜欢从后面抱住她，一路辗转，吻她，只吻得她整个人都要融化了。陈皮想到这些的时候，心里潮润润的。他和艾叶，有多久不这样了？

前面，是一个街心花园。晨练的人们正醉心于他们的世界。陈皮在旁边立了一时，找了张椅子坐下来。阳光从后面照过来，热烘烘的，很热了。一枝月季斜伸过来，横在他的脸侧。陈皮忍不住伸出鼻尖嗅一嗅。私心里，陈皮不大喜欢月季。月季这种花，一眼看去，很像玫瑰，然而，再一深究，就知道，到底是错了。不远处，几个人在练太极，都是上了年纪的人。穿着白色的绸缎衣裤，风一吹，飒飒地抖擞着，一招一式，很有些仙风道骨的气度。有的还拿着剑，舞动起来，也是刀光剑影的景象，鹅黄的穗子飞溅开来，动荡得很。

陈皮掏出一支烟，点燃，并不急于吸，只是夹在两指间，任它慢慢烧着，冒出淡淡的青烟。陈皮是一个很自制的人，在很多方面，对自己，他近乎苛刻。平日里，他几乎烟酒不沾。偶尔，在场面上，不得已也敷衍一下。当然，他也没有多少场面需要应付。一个办公室的小职员，天塌下来，有上面层层叠叠的头们顶着。这么多年了，陈皮早年的壮志都灰飞烟灭了。能怎么样呢？这就是生活。所谓的野心也好，梦想也罢，如今想来，不过是年少轻狂的注脚。那时候，多年轻。刚刚从学校毕业，放眼望去，眼前尽是青山绿水，踏不遍，看不足。他们几个男孩子，骑着单车，把身子低低地伏在车把上，箭一般地射出去。满眼的阳光，满耳的风声，车辆，行人，两旁的树木和楼房，迅速向后退去。路在脚下蔓延，他们要去往世界的尽头。身后传来姑娘们的尖叫，他们越发得了意，忽然直起身，来一个大撒把，任车子向前方呼啸而去，整个人都飞了起来。陈皮喜欢那种飞翔的感觉。有时候，在梦里，他还会飞，那一种致命的快感，眩晕，轻盈，羽化一般，令人战栗。然而，忽然就跌下来，直向无底的深渊坠下去，坠下去。声嘶力竭地叫着，惊出一身冷汗。睁开眼睛，却发现是在自己的床上。微明的晨光透过窗帘漏进来，屋子里的家具一点一点显出了轮廓。空气不太新鲜，黏滞，暖昧，有一种微微的甜酸，那是睡眠的气息。陈皮在这气息里怔忡了半晌，方才渐渐省过来。艾叶在枕畔打着小呼噜，很有节奏，间或还往外吹气，带着模糊的哨音。吹气的时候，她额前的几根头发就飘一下，再飘一下。陈皮重又闭上眼睛。如今，陈皮是再也不会像年轻时候那样，骑着单车在大街上发疯了。每天，他被闹钟叫醒，起床，洗漱，坐到桌前的时候，艾叶刚好把早点端上来。通常，儿子都是一手拎书包，一手抓过一根油条，急匆匆地往外赶。艾叶在后面喊，鸡蛋，拿个鸡蛋——早一分钟都不肯起。这后半句早被砰的关门声截住了。两个人埋头吃饭，一时都无话。吃罢饭，陈皮出门，推车，把黑色公文包往车筐里一扔，想了想，又把包的带子在车把上绕一下，抬脚跨上去。这条路，他走了多少年了？他生活的这个小城，这些年，也有一些变化。可是，从家到单位，这一条路，却基本上还是原来的样子。要说不同，也是有的。比方说，临街的理发店换了主人，听说是温州人，名号也改了，叫作亮魅轩。比方说，原来的春花小卖部，如今建成了好邻居便利店。比方说，两旁的树木，当年都是碗口粗的洋槐，如今，更老了。夏天的时候，枝繁叶茂，差不多把整条街都覆盖了。每天，陈皮骑车从这里经过，对于街上的景致，他不用看，闭着眼，就能够数出来。上班，下班，吃饭，睡觉。在这条轨道上，来来回回，这么多年，陈皮都习惯了。

也有时候，下了班，陈皮一只脚在车上跨着，另一只脚点地，茫然地看着街上的行人，发一会儿呆。也不知怎么，就一发力，朝相反的方向去了。他慢慢地骑着车，饶有兴味地打量着周围。行人，车辆，两旁的店铺，一切都不熟悉，甚至还有点陌生。他喜欢这种陌生。想来也真有意思，这座古老的小城，他在这里出生，在这里长大，娶妻，生子，这是他的家乡。他以为，他对家乡是很熟悉了。可是，他竟然错了。现在，他慢慢走在这条路上，只不过是一条街的两个方向，他却感到了一种奇怪的陌生，一种——怎么说呢——异乡感。这是真的。他被这种陌生激励着，心里有些隐隐的兴奋。忽然间，他把身子低低地伏在车把上，箭一般把自己射出去。夕阳迎面照过来，他微微眯起眼，千万根金线在眼前密密地织起来，把他团团困住，他胸中陡然升起一股豪情，他要冲决这金线织就的罗网。他一路摇着铃铛，风在耳边呼呼掠过，他觉得自己简直要飞起来了。在一个街口，他停下来。夕阳正从远处的楼房后面慢慢掉下去。他感觉背上出汗了，像小虫子，正细细地蠕动着。他大口喘着气，想起方才风驰电掣的光景，行人们躲避不及的尖叫，咒骂，呼呼的风声，皮肤上的茸毛在风中微微抖动，很痒。他微笑了。真是疯了。也不知道，有没有熟识的人看见他，看见他这个疯样子。他们一定会吃惊吧。他这样一个腼腆的人，安静，内向，近于木讷，竟然也有疯狂的时候，在车水马龙的大街上，飙车，简直是不可思议。他们一定以为认错人了。陈皮想。暮色慢慢笼罩下来，陈皮感觉身上的汗水慢慢地干了，一阵风吹过，皮肤在空气里一点一点收缩，紧绷绷的。他把周围打量了一下，心里盘算着，怎么绕过一条街，往回走。还有，回到家，怎么跟艾叶解释——平日里，这个点，他早该到家了。

一对夫妇从身旁走过。陈皮把烟送到嘴边，吸上一口，闭了嘴，让香烟从鼻孔里慢慢出来。这种吸法，他还是年轻时候刻意模仿过，结果自然是呛了，咳起来，流了一脸的泪。可是如今，他竟然也变得很从容了。他冷眼打量着这对夫妇，想必是出来遛早了，顺便去早市上买了菜。两个人肩并着肩，穿着情侣装，不过二十几岁吧，一定是新婚。女人的身材不错，走起路来，风摆杨柳一般。男人一只手拎着袋子，一只手揽着女人的腰，两个人的身体一碰一碰，两棵青菜从袋子里探出头来，一颤一颤，欣欣然的样子。女人间或抬起眼，斜斜地瞟一下丈夫，有点撒娇的意思了。陈皮看了一会儿，心里忽然就恨恨的。谁不是从年轻走过来的？他们懂得什么？未来，谁知道呢！然而，在这一刻，他们终究是恩爱着的。他们那么年轻，且让他们做些好梦吧。当年，他和艾叶新婚的时候，也是这样，天天黏在一处。在家的时候，从来都不分时间和地点。每一分钟都流淌着蜜，浓得化不开。陈皮看着女人渐渐远去的背影，忽然觉得有些似曾相识。这个女人，有点像小芍呢。尤其是，她走路的样子，看起来，简直就是小芍了。

小芍是他的同事，一个办公室。陈皮的位置，正好在小芍的左后侧。只要一抬眼，看到的就是小芍的背影。公正地讲，小芍人长得并不是十分漂亮。可是，小芍的姿态好看。是谁说的，形态之美，胜过容颜之美。这话说的是女子。陈皮以为，说得真是对极。小芍的一举手一投足，就是有一种特别的韵味在里面。小芍的背影，尤其好看。夏天的时候，小芍略一抬手，白皙的胳膊窝里，淡淡的腋毛隐隐可见，陈皮的身上呼啦一下就热了。真是要命。有谁知道呢，陈皮眼睛盯着电脑，手里的鼠标咔嗒咔嗒响着，心思呢，却早不知飞到哪里去了。还有一点，小芍活泼，笑起来，脆生生的，像有一只小手拿了羽毛，在人心头轻轻拂过，痒酥酥的，让人按捺不住了。有时候，陈皮就禁不住想，这个小芍，在床上，会是什么样子呢？想必会是活色生香的光景吧。他把手握住自己的嘴，装作打哈欠的样子，在发烫的脸颊上狠狠捏了一把。自己这是怎么了？一辈子中规中矩，战战兢兢地活着，到如今，都快五十岁的人了，却平白地生了这么多枝枝杈杈的心思。他都替自己脸红了。然而，人这东西，就是奇怪。有时候，晚上，和艾叶在一起的时候，他却总是要想起小芍。怎么说呢？艾叶这个人，年轻的时候，就从来没有热烈过。总是逆来顺受的样子，一脸的平静，淡然，甚至，还有那么一点悲壮。让人心里说不出的恼火和索然。而今，年纪渐长，在这方面，她是早就淡下来了。有时候，白天，或者晚上，儿子不在家，艾叶坐在厅里剥豌豆，一地的绿壳子。陈皮在沙发上看报纸，看一会儿，就凑过去，逗她说话。她照例是淡淡的。陈皮觉得无趣，就同她敷衍两句，讪讪地走开去。逢这个时候，陈皮心里就委屈得不行。他承认，艾叶算得上好女人，典型的贤妻良母，对老人也孝敬。在街坊邻里，口碑不坏。可是，陈皮顶看不得她这个样子。到底都是外人，他们，知道什么？

也有时候，陈皮会耐着性子，跟艾叶纠缠一时。就像昨天。昨天是周末，晚上，吃过饭，看了一会儿电视，陈皮就洗了澡，准备睡觉。他是有些乏了。单位是个清水衙门，办公室里，总共才有五个人，却也是整日里钩心斗角。头儿是老邹，都五十多岁的人了，却一副油头粉面的样子。喜欢同女孩子开玩笑，尤其喜欢站在小芍的桌前，两手捧个大茶杯，有一搭没一搭地同她说话。前不久小芍刚刚度蜜月回来，一脸的喜气，时不时地发出清脆的笑声。陈皮冷眼看着他们，心里恨恨的，却又不知该恨谁。陈皮歪在床头，闭着眼，想象着小芍的样子。结了婚的小芍，仿佛越发平添了动人的味道。长发绾起来，露出美好的颈子。有拖鞋在地板上走过来，托托的，然后，是窸窸窣窣的衣物声，他听出是艾叶过来了，就一把把她抱住，嘴里乱七八糟地呢喃着，身上简直像着了火。艾叶先是沉默着，后来，不知怎么，啪的一下，她一巴掌打在他的脸上。在寂静的夜里，那个耳光格外清脆。两个人一时都怔住了。

怎么会这样，怎么会呢？陈皮盯着黑暗中的天花板，卧室里，传来艾叶的饮泣，像蚂蚁，细细的，一点一点啮噬着他的心。黑暗包围着他，压迫着他，让他艰于呼吸。在那一刻，他忽然觉得异常地委顿和迷茫。这就是他的生活？他生活的全部？这一生，他小心翼翼地活着，不敢稍有逾矩。他在自己的轨道上，慢慢地往前走，一步一步，试探着，每一步都不敢马虎。走了大半辈子，到头来，他得到了什么？一个小职员，快五十岁了，仕途无望，一生都看人脸色。他当年的雄心呢？至于家庭，看上去还算平静，却被一记耳光打破了。这记耳光，在他们之间，藏匿了多少年了？至于小芍，怎么可能！如今的女孩子，他清楚得很。不过是白日梦罢了。天地良心，在女人方面，他一向是中规中矩的。就连同艾叶，自己的妻子，也没有那么——怎么说呢——那么放荡过。还有儿子。从小，都是艾叶一手把他带大。而今，嘴唇上已经长出了细细的茸毛，声音也变了，像一只小公鸭。有时候，看着高大的儿子在眼前晃来晃去，他就有些恍惚了。这才几年，儿子都陌生得令他不敢认了。

天刚蒙蒙亮，陈皮就从家里出来了。他害怕面对艾叶，害怕看见艾叶几十年如一日的早点，害怕家里那种气息，昏昏然，沉闷，慵懒，一日等于百年。现在，陈皮坐在街心公园的长椅上，看野眼。太阳已经很晒了。空气里有一种植物汁液的青涩味道，夹杂着微甜的花香。一只蜜蜂，在他身旁营营扰扰地飞。他挥挥手，把它轰开。晨练的人们，不知什么时候，都渐渐散了。公园里，寂寂的，显得有些空旷。陈皮抬头看一眼天空，太阳都快到头顶了。地上，他的影子矮而肥，就在脚下。快中午了。陈皮站起身，准备吃午饭。

附近有一家汤记烧卖，味道很是正宗。陈皮拣了张靠窗的桌子坐下来，慢慢地吃着。今天，他有的是时间。他不着急。他要了一瓶啤酒，两道小菜，从容地自斟自饮。这要是在家里，艾叶总会唠叨两句的。前段时间体检，他是轻度的脂肪肝。这个年龄的人，该控制一些了。陈皮端起酒杯，慢慢地呷一口。窗外，有一个女人遥遥走过来，打着太阳伞，墨镜，白皙而丰腴，一看就是一个养尊处优的妇人。对于女人，早些年，陈皮以为，一定要窈窕才好，而现在，陈皮却宁愿喜欢丰满一些的了。丰满嘛，不是胖，就像眼前这个女人。陈皮眯起眼睛看了一会儿，端起酒杯，细细地啜了一口。这些年，艾叶确实是胖了些。穿起衣服，也没有了形状。不穿呢，就更没有了。陈皮心里笑了一下，也不知怎么，就暗暗同艾叶做起了比较。他想起了昨天晚上，还有那记耳光。他不笑了。老板娘远远地坐着，时不时抬头朝这边看一眼。她在看什么呢？陈皮想。她一定是奇怪，这个男人，看起来有些面熟的，说不定就在附近住，从中午进来，要了一屉烧卖，一瓶啤酒，两道菜，一直坐在那里，慢条斯理地吃喝。脸上，却是平静得很。他一边吃，一边看着窗外，仿佛窗外有什么好风景一般。抬眼看了看表，都四点多了。下午，店里也没有多少生意，他坐在那里，就由他去吧。若是在平时，顾客多的时候，她一定要过来问了。

　　夕阳在天边渐渐燃烧起来，把一条街染成淡淡的绯红。陈皮在街上漫无目的地走着。刚从空调房里出来，整个人仿佛不小心掉进了热汤里，浑身暖洋洋的，毛孔一点一点打开，说不出的熨帖。向晚的小城，已经渐渐冷静下来。大街上，人们都行色匆匆，急着赶回家。一个小孩子，踩着脚踏板，迎面冲过来，嘴里呼啸着，得意得很了。柔软的头发在风中立着，紧抿着嘴巴，暗暗使着劲。夕阳在他脸上跳跃着。那张脸，纯净，稚气，还没有来得及经历尘世的风蚀和碾磨。他咧开嘴，笑了，露出几颗豁牙。陈皮心里感叹了一下。他想起了小时候。那时，他几岁？跟这个孩子差不多吧。拿一根铁丝弯成的把手，把一个铁圈推得满街跑。这一恍惚，都多少年了。而今，他的儿子都上高中了。父子在一起，也不似小时候那么亲密了。小时候，他喜欢把儿子举过头顶，托在半空中，任他咯咯笑个不休，直到他都害怕了，讨饶了，他才把哇哇乱叫的小人往空中一抛，让他结结实实落在自己怀里。现在，儿子在他面前，倒一本正经了，甚至，有那么一点严肃。常常是，忽然间就沉默了。昨天晚上，那个耳光，那声响，不知道儿子听见没有？陈皮竟有些慌乱了。

暮色渐渐浓了。站在自家楼下的时候，陈皮才发现，他是又回来了。也不知怎么回事。早上，不，昨天夜里，他就已经下定了决心，离开这里，这个家，再也不回来。他在黑暗中暗暗咬着牙。他恨艾叶，恨这个家。他恨这么多年的生活，他恨他这半生。他恨这一切。他要走。一去不回头。可是，怎么现在，他又回来了？他有些恼火，也有些释然。屋子里灯火明亮。厨房里，传来油锅爆炒的飒飒声。一只砂锅坐在炉子上，咕嘟咕嘟冒着热气，鸡汤的香味一蓬一蓬浮起来，窗玻璃上模模糊糊的，笼了一层薄薄的水汽。陈皮悄悄走进来，蹑着足，为了不惊动厨房里的人。一抬眼，儿子正坐在饭桌前，端着遥控器，噼里啪啦地换频道。看见父亲进来，也不说话，只是一心一意盯着电视。陈皮怔了一时，转身从冰箱里拿出一听可乐，啪地打开，喝了一口，沁人肺腑。他静静地打了个寒噤。艾叶端着盘子走过来，嘴里咝咝哈哈地嘘着气，把菜放在桌上，两只手就不停地摸着耳垂。陈皮偷偷看了她一眼，眼睛红肿，脸上却是淡淡的，始终看不出什么。陈皮把头皮挠一挠，刚欲开口，只听艾叶吩咐儿子摆碗筷。儿子应声出去了，只把陈皮一个人扔在原地，很尴尬了。好在有电视，女播音员侃侃地宣讲着，局部冲突，金融风暴，飞机失事，某大学发生枪击案。世界原没有想象的那样太平。陈皮入神地听着，心里有叹惜，有同情，也有安慰。饭菜的香味在空气里慢慢缭绕，把他们团团包围。陈皮端起碗，试探着喝了一口鸡汤，却被烫了舌头，也不好张扬，只有强自忍着。看一眼桌上的菜，也都是他素常喜欢的。还有绿豆稀饭，估计是下午就煮好的，上面结了一层薄膜，在灯下发着暗光。风扇一摇一摆，把桌上的一张报纸吹得一掀一掀。一家人谁都不说话，静静地吃饭。电视里在播天气预报。终于要下雨了，这些天，实在是太热了。

陈皮靠在椅背上，他吃饱了。这一刻，他心满意足。所有的那些小情绪，委屈，悲伤，怨恨，他都不愿意去想了。他这一生，都毁了。然而，能怎样呢？就连艾叶，也料定，他总会回来。他无处可去。

夜里，醒来的时候，外面一片雨声。雨打在树木上，簌簌地响。外面的风雨，更衬出了屋里的温暖安宁。陈皮翻了个身，很快，又睡熟了。

「翠　缺」

天色暗下来了。

翠缺坐在自家的院子里，看着墙篱笆上的丝瓜架发呆。丝瓜架是春上她帮着娘搭的。这会儿花开得正稠，你不让我，我不让你，泼辣得很。鸡们疯了一天，早早歇了。猪吃饱了，在圈里懒懒地躺着，偶尔百无聊赖地哼两声。翠缺把蒲扇往大腿上拍一拍，赶走涎皮赖脸的蚊子们。

缺，早睡啊，赶明儿好有精神。

村西头老坷垃家孙子要过满月，娘去帮着捏饺子。娘是出门前冲着翠缺说这话的。当时翠缺正端着一盆泔水走到猪食槽前，猪听到了动静，吱吱叫着，翠缺不理它，哗啦一下把泔水倒进去，猪拿鼻子试探了一下，还是吱吱叫着。馋货。翠缺骂道。她从糠篓子里抓了一把糠扔进去，猪这才把嘴埋进食槽里，哼哧哼哧吃起来，两只大耳朵时不时满足地扇两下。翠缺听见了娘的话，她没吭声，只管站在食槽前，瞅着猪吃食。猪把表面那层糠吃完了，又抬起头冲着翠缺哼哼。惯的你。翠缺拿食勺照着猪头就是两下子，猪委屈地叫起来。

天慢慢就黑透了。

不知什么时候腾起一层薄薄的雾气，院子里菜畦啊丝瓜架啊鸡笼子啊都没有了轮廓，浸在湿润润的雾气里。翠缺摸了一把胳膊上鼓起的包，拿指甲慢慢地掐着，心里烦得很。

前天娘赶集回来很高兴，说是村里的家具厂又招人了。

这回就招俩。缺，试试去，风吹不着日晒不着，一个月八百块呢。

娘伸出两个指头比画了一下。那些出去盖房子的汉们家，又能挣多少？

翠缺埋头慢慢地喝粥，没说话。爹把饭碗一推，从兜里掏出烟荷包，慢条斯理地卷烟筒子。听缺的吧。爹把烟筒子叼在嘴上，两手在兜里摸索火柴。没个当爹的样子。娘把碗洗得吭啷啷响，缺，你倒是说句话。

家具厂在村南头，很气派。周围是玉米地，绿生生的一眼望不到边。

翠缺走到屋门口的时候迟疑了一下，大战隔着帘子一眼就看见了她。

进屋坐，翠缺。

翠缺不坐，在沙发边上勾头站着。

坐嘛。大战看着细密的汗珠顺着她的脸慢慢淌下来，一直淌进窄窄的衣领里，他使劲咽了口唾沫。

俺来厂里，给俺派啥活儿？翠缺冷不丁一问，大战一下子结巴起来。铰……海绵，就铰那个海绵吧。

太阳毒花花的，把玉米地烤出一片绿蒙蒙的雾气，空气里蒸腾着一股子青涩的气味。翠缺跳过一条垄沟，拐进村子。铰海绵是省力气的活儿，往日里都是大战媳妇铰，后来大战媳妇怀孩子，歇了，就让大战丈母娘铰。肥水不流外人田，还能帮闺女盯女婿的梢。女人怀孩子，最难熬的是男人。这个道理，谁都懂。

村委会门口，老袁家的油条摊子早已经摆出来了。老袁媳妇揸着湿汪汪的手，冲人们打招呼，吃馃子吃馃子。这地方的人管油条叫馃子。可以拿钱买，也可以拿麦子换。村里人都喜欢拿麦子换，麦子是自家地里产的，总归比直接用钱少些心疼。翠缺看着几根饱满的馃子被老袁媳妇飞快地夹出来，搁到一只乌黑的铁筛子里沥油，一股焦香味一浪一浪直往她鼻孔里钻。她这才觉着肚子有点饿了。

回到家的时候娘已经把饭做好了。看见她回来就赶紧掀锅盖，一边朝屋里喊，吃饭。翠缺没接娘递过来的馒头，只是闷头喝粥。缺，说好了？翠缺没说话。娘摸得透闺女的脾气，不说话就是点头的意思。钱，还是那个数？爹瞪了娘一眼。娘就有些讪讪的。缺啊，到时候，咱置个好嫁妆。

铰海绵这活儿，忙起来，也就是一阵子，只要供足了缝纫的，就可以慢下来喘口气了。翠缺刚开始使不惯大剪子。这种大剪子比普通的大上好几号，尖长，刃薄，快得很。一天下来，翠缺的手就磨出了明晃晃的水泡。大战踱过来，嘴里咝咝吸着冷气。

疼不？

翠缺不吭声，低头铰海绵。大战嘴里停止了吸气，站在旁边看着她铰。翠缺被看得有点不自在。铰海绵的摊子在院子的廊檐底下。大战丈母娘回去了，大战说让她回去歇歇。风吹过来，慢悠悠地。蝉鸣像雨一样，一阵又一阵，密密地，洒得满院子都是。

渴不？

大战不走，眼睛像长了钩子。电话，大战电话。楼上有人喊。大战应着，转身走了。翠缺一下子把汗津津的大剪子扔在一边。

好像也是个夏天。玉米地正高。翠缺几岁？记不得了。晌午了，娘歪在炕上打盹，翠缺躺在旁边，装睡。晌午晌，老鬼涨。晌午错，老鬼过。娘警告过她，大晌午的，甭出去疯，有老鬼哩。翠缺躺了一会儿，偷偷地爬起来，光着脚，溜出院子。街上静得很。白花花的阳光像雨点子，噼里啪啦溅进翠缺的眼睛里，她不由得闭了闭眼。不睡啊翠缺。翠缺吓了一跳，回头见是大战懒洋洋地走过来，光着膀子，大裤衩子松松垮垮地挂在肚脐下面。翠缺看了一眼那只肚脐，牛眼似的，冲她瞪着。她笑起来。你笑什么？大战被笑得莫名其妙。牛眼。翠缺指着他的肚子，你肚子上长牛眼了。大战也笑起来。笑着笑着，他忽然不笑了。说你吃甜秫秸不，我去给你掰甜秫秸。

玉米有一人多高，正吐缨子。大战拉着翠缺的手，顺着垄沟往深处钻。大战哥，吃甜秫秸。大战不说话，只是往里钻。玉米叶子哗啦哗啦地响，把翠缺的脸和胳膊划得生疼。翠缺站住，不肯走了。吃甜秫秸。大战说，想吃不？想。我这儿藏着一根。大战的大裤衩轰隆一下掉在脚脖子上。吃不？甜得很。翠缺好奇地看着那根直挺挺的"甜秫秸"，心里有点害怕。大战把她的小脑袋按下来。大战的手很有力气，她有点不高兴，使劲别开了。尝一尝嘛。大战有点着急。她想，娘也没告诉过她，这样的甜秫秸能不能吃。她伸出舌头，轻轻地尝了一下。大战啊了一声，浑身哆嗦起来，像打摆子。她真的害怕了。转身想跑，被大战一把抱住了。懵懵懂懂中，她感觉那根秫秸像刀一样刺入她的身体，她感到自己被劈开了。

后来的事，翠缺都记不太清了。可是翠缺根本没把这事放在心里。小孩子，好了伤疤，就忘了疼。总有好玩的事情盛满她的心。挖知了猴等蝉蜕，捉喇叭虫喂鸡，去河套里采野菌子……

一直到了很多年以后，她才慢慢回过味来。大战这狗日的。她再也听不得大战这名字。在村子里碰上大战，她都只当没看见。没人的时候，大战就叫她。她朝地上狠狠呸一口，对着蹭过来的黑狗骂道，滚，不叫唤还不知道你是四条腿的。

吃过饭，翠缺洗衣裳。娘在一旁坐着，一五一十地数票子。缺，一千？翠缺不吭声，使劲地拧着她的花布衫。娘又数了一遍，缺，涨了？翠缺把衣裳啪啪地抖开，涨了还不好？看着娘发愣，顿了顿，说给二翠汇点钱吧，前天打电话来，说要交书费哩。

二翠是翠缺妹子，在县中学上高三。翠缺心里很是羡慕二翠。小妮子本事大，就凭着手里那支笔，一点一横，一撇一捺，硬是从村子里考到县里。明年，就要考大学了。翠缺也想上大学，可是翠缺不能。翠缺是老大。娘说，供两个，咱供不起。其实，翠缺也不见得多想上大学，她只是一心想离开村子，离开大战，离开玉米地。越大，越想离开。可是她知道，她离不开。二翠一考上大学，她就更离不开了。娘已经开始为她在村子里琢磨婆家了。

翠缺晾好衣裳，搬个板凳坐在影壁前面，瞅着满墙的爬山虎发呆。

今天快下班的时候，大战捏着一个纸包走过来，翠缺低头铰海绵，只当没看见。给。大战把纸包递过来。翠缺拿眼睛瞄了一下，猜出应该是钱。正犹豫该不该接，大战把纸包放在她手边，转身就走。走了几步，又回过身子，说翠缺，我……见翠缺还是低头忙着，就说早回吧，天黑了。翠缺是在快拐进村子的时候才打开那个纸包的。她数了一遍，又数了一遍。多了两百，原先说好是八百的。快收秋了。空气里流淌着庄稼成熟的气息。翠缺看着黑黢黢的玉米地，感觉心里某个地方被使劲戳了一下，疼痛像一根细细的线，渐渐扯遍了全身，扯得她的两只手腕都酸麻了。她在心里骂自己，贱，离了这狗日的，能饿死人？

这几年，大战是发了。大战是个脑瓜活络的人，一个人跑南方打工，硬是把人家的手艺学回来，在村子里办起了家具厂。邻近几个村子，都有人在端大战的这只饭碗。大战的名气就响起来。村里人都说，看人家大战，能人哩。有闺女的人家，心里都惦记着大战。翠缺娘也不例外。有一次娘又提起来，说大战这孩子，本事大，跟了他，一辈子享不尽的福。当时翠缺一下子就恼了，说天下男人死绝了，也不会看一眼那堆臭狗屎。娘给她噎得半天说不出话，心想这闺女，八成是癔症了。

大战娶媳妇，排场闹得很大。那时候大战的两层小楼已经盖起来，在周围平房的簇拥下，显得相当霸气。

大战娶的是邻村的媳妇，一下子把本村的闺女们都得罪光了。大家对新媳妇横挑鼻子竖挑眼，都把人家贬到了泥巴里了。翠缺心里也不是个滋味，有那么一点酸，又有那么一点苦，还有那么一点疼。翠缺这时候才明白，那堆臭狗屎，被别人捡到自家粪筐里了。

　　大战的厂子招工，翠缺不是没有动过心，谁跟钱有仇？爹是老实人，只知道土里刨食，又供个学生，日子就紧巴得很。连喜桃都在厂里挣工资了。喜桃跟翠缺，好得跟一个人似的。逢集上，喜桃拿出她的工资，给娘买了缎子袄面，给爹买了两瓶酒，把爹娘喜欢得到处说，我家桃子买的，净瞎花钱。喜桃还给自己买了一条连衣裙，水红色，上面有一波一波的水纹样的影子，那水纹浅浅的，乍看有，再看又没有，整个裙子就显得水阴阴地，雾蒙蒙的，穿在身上，人显得特别的魅气。翠缺一下子就看呆了，仿佛不认识眼前这个娇俏的喜桃了。那天晚上翠缺没有睡好，翻过来，倒过去，脑子里老是晃着那条裙子，她想，这裙子穿在自己身上，该是啥样子？

　　那一天，翠缺在地里打棉花权子，远远看见喜桃像一片云彩一样从厂子里飘出来，风钻进她的裙子，像涨满了的翅膀，水红的翅膀。翠缺的心忽然疼了一下，这裙子是用大战的钱买的，就是大战买的，也就是大战买了送给喜桃的。她知道自己没道理，可她还是忍不住要这么想。今年棉花长势不错，棉花桃子一嘟噜一嘟噜，直打人的腿。翠缺一把揪下一颗青桃子，骂道，这生桃子，咋就死不开窍？

八月十五说到就到了。村子里，这是个大节气，正赶上收秋，这个节就过得又忙碌又喜庆。厂里发了一百块钱，算是过节费，大家都喜洋洋的，干起活来格外卖力气。翠缺的海绵早已经铰完了，她磨磨蹭蹭地走到最后面。中午大战过来说，翠缺你下班晚点走。见翠缺不吭声，又说，有事。

毕竟是中秋的天气了，天一下子变短了。夜色像鸟的翅膀，一扑扇一扑扇，慢慢地把院子都铺满了。人们都走了，院子里就显得空旷起来。雾气漫上来，湿漉漉的，直扑人的脸。

这是你的。大战把一个纸包递过来。见翠缺不动，说过节费。

我领过了。

那这是奖金。

翠缺不再说话。

还有，这盒月饼，城里商场买的，好吃。

起风了。翠缺的裙子飞了起来。裙子是湖蓝的，这时候就是夜的颜色了。大战说翠缺，翠缺不吭声。大战说翠缺，翠缺还是不吭声。大战一把把她揽在怀里，大战的喘息和汗味一起向她袭来，翠缺的呼吸一下子乱了章法。

翠缺，甜秫秸，想尝不？

下露水了，有一滴正砸在翠缺的眼睛里。

翠缺。大战的声音慢慢地软下去，身子也慢慢地软下去。翠缺，你……

翠缺看着那把大剪子在大战的胸前颤悠了几下，终于不动了。她轻轻叹了口气。天已经完全黑透了。月亮慢慢地爬上来，亮得很，只是不怎么圆。明天，就是八月十五了。都说十五的月亮十六圆哩。翠缺想。

「花 好 月 圆」

这家茶楼，藏在一条胡同的深处。生意却是特别好。沿着胡司一直走，走出去，就是车水马龙的大街。来过的客人都称赞说，这真是一个好地方，闹中取静。

　　桃叶也喜欢这地方。算起来，来这家茶楼，已经有半年多了。茶楼的工作并不累，无非是端茶续水，迎来送往，洒扫抹擦，对于年轻的女孩子，尤其相宜。桃叶呢，性子又娴静，终日在淡淡的茶香中来去，真是再好没有了。当然了，还有音乐。多是一些古典的曲子。桃叶听不懂，可是却喜欢得很。有时候，桃叶听得痴痴的，不免想，这世上，竟真有这样好的东西。

　　晚上，是茶楼最忙的时候。周末呢，就更忙了。人们吃完饭，来这里喝茶，聊天，也有打牌的，下棋的。比较起来，桃叶更喜欢下棋的。打牌的太闹。喝茶聊天的，就更安静了。三两个人，沏一壶茶，静静地聊天，闲适得很。城里人，可真会享受。哪像乡下。想到乡下，桃叶就轻轻叹一口气，然而也就笑了，笑自己的傻。这是北京城呢。真是。

　　渐渐地，桃叶注意到，这些客人，大都是茶楼的常客。他们在这里存了茶，不定期地来这里消费。其中，有一对客人，也是这里的常客。他们的茶室，几乎是固定不变的，最里面的那一间，在一株硕大的植物的掩映下，门牌上垂下长长的流苏，上面写着：花好月圆。这是一间小茶室，最适于两个人对饮。装饰也不俗。迎面窗子上，挂着半月形的竹编，又别致，又清雅。墙壁设计出叠层，高高下下摆着竹筒，半只的，整只的，青色宜人，有的甚至还带着活泼泼的枝叶。另一面墙上，是一幅画。画上的物事，桃叶都认得，南瓜，葫芦，一只大石榴，咧开嘴，露出里面鲜红的籽实。这幅画，让桃叶感到亲切。每一回来这里清扫，桃叶总要对着这幅画看一回。也许是因了这幅画，桃叶喜欢这间茶室。名字也好：花好月圆。又吉祥，又悦耳。更巧的是，这间茶室，正好在桃叶的分工范围之内。茶楼里的服务生，都是有分工的。桃叶管小茶室。私下里，她们管小茶室叫

作鸳鸯房。通常情况下，来这里喝茶的都是成双成对的
人。两个人，在幽静清雅的小茶室里，一坐就是半天。
有时候，桃叶不免想，他们在做什么呢？桃叶十七岁。
十七岁的女孩子，已经懂了事。想着想着，桃叶就有点
心神不定。然而，大多时候，桃叶什么都不想。茶楼里
的规矩，服务生要知情识趣，懂得眉眼高低，在该出现
的时候出现，在该消失的时候消失。每一间茶室，都有
呼叫器，服务生要应声而动，不可擅入。这些，在最初
来茶楼的时候，桃叶都一一牢记在心里了。

　　桃叶发现，往往是，那位男客先来，然后，大概十
分钟之后，那位女客才姗姗来迟。也有相反的时候。总
之，这一对客人，极少同时来到。每一回，那男客来
了，桃叶就过去照顾。通常，桃叶会问一下客人，是点
新茶呢，还是喝先前存的？这一对客人，也是在这里存
了茶的。普洱，十年的普洱。他们一直喝普洱，几乎从
来没有换过。桃叶烫茶壶，烫茶杯，洗茶，一遍，两
遍，三遍。这种陈年普洱，总要至少烫三遍才好。客人
坐在椅子上，颇有兴味地看她沏茶。逢这个时候，桃叶
就格外紧张。心里怦怦跳着，手下也失去了分寸，一不
小心，茶水就溢出来。桃叶偷眼看一下客人，却见他并

不曾留意，就把心神定一定，专心做事。眼角的余光，却无意中扫到了客人的一双皮鞋，擦得锃亮，闪着凛然的光。沏好茶，桃叶躬身退出来，替客人把门带上，方才轻轻舒了一口气。

对于这位男客，桃叶她们几个都悄悄议论过了。怎么说呢？这位男客，在客人里面，是显得太出类了一些。不单是容貌，只那神情气度，行止之间，就有一种摄人的风仪。私下里，几个女孩子会拿他开玩笑，彼此打趣一番，说着说着就追逐起来，嘴上骂着，脸上却是朝霞满面，仿佛给人说中了心事，很难为情了。这类玩笑，桃叶几乎从来不参与的。桃叶是一个端正的人。在人前，最是懂得自持。这一点，临出来的时候，娘已经细细叮嘱过了。然而，有时候，桃叶也会暗自猜测，这个人，是做什么的？多大？还有，那位女客，是他的什么人呢？想着想着，桃叶就有些入神。看样子，这男客一定是一个学问很大的人，念过很多书，在堂皇的大楼里办公。在北京，多的是这种堂皇的高楼，亮闪闪的玻璃墙幕，傲慢而矜持，让人不敢直视。年龄嘛，桃叶看不出。三十多？四十？或者，五十出头？男人的年龄，真是似是而非的一个问题。在这方面，桃叶尤其没有天赋。至于那个女人，桃叶一直不大愿意去想。用小白她们的话，什么人？情人嘛。若是夫妻，怎么会老是在茶楼里幽会？桃叶不爱听这话，虽然也觉得有理。私心里，她倒宁愿相信他们是夫妻，般配，恩爱，罗曼蒂克，周末，出来喝喝茶，放松一下。她也知道，这愿望的不可靠，然而，她还是禁不住这样想。桃叶是一个执拗的人。莫名其妙地，她认定，这样一对人物，神仙一般，必是完满的。他们合该幸福。他们不该有别的。

这家茶楼，外面看并不起眼，进得门来，倒是一派朴野之趣。一段小桥，一湾清泉，几块石头随意散置着，篱笆后面，是几竿竹子。灯光照过来，竹影子印在墙上，一笔一笔，仿佛画出的一般。桃叶正冲着那影子发呆，听见有客人来了。细看时，却是那女客。桃叶赶忙上前去，引着她去那间茶室。不料她却把手摆一摆，示意不用了，自顾袅袅婷婷而去。桃叶看着她的背影，竟莫名其妙地生出几分失落。女客的身姿很美，一头鬈发，往常都是披下来的，今天，却被松松地绾起来，在颈后绾成一个髻，倒越发平添了几分娇慵之美。女客穿一件奶白色开衫，长裙，淡淡的石绿色，浮着荷花的断梗，裙摆宽大，走动处，偶尔有零落的花瓣，飘飘洒洒，满眼秋意。桃叶在后面简直看得呆了。正怔怔间，那美丽的背影已经隐在花好月圆的门后了。怎么说呢？对这女客，几个女孩子心情复杂。公正地讲，这女客是一个顶标致的美人，不施粉黛，却自有一种动人的风姿。尤其是，这女客的衣裳，令女孩子们暗暗叹服。桃叶记得，几乎每一回，都是不重样的。多是裙装。长的，短的，宽的，窄的，素淡的，缤纷的。也有旗袍。桃叶很记得，其中有一袭，她最是喜欢。紫色，阴戚戚的，盛开着一朵一朵的淡白的花。有时候，她不免想，这样的衣裳，穿在自己身上，会是什么光景？阳光从窗子里照过来，晒着她的半个背，暖暖的。她低头瞅一眼身上的工作服，很不好意思地笑了。这工作服，是浅茶色的衣裤，配了雪白的兜肚围裙，一色的船形包头，两端尖尖翘起，说不出的干净俏丽。初来的时候，对这服饰，桃叶真是喜欢。她把自己关在卫生间里，在镜子前左顾右盼，心里有一种难言的快乐。她盘算着，在电话里，该怎么对娘描述这新的衣裳。还有杏儿。当初，杏儿本要同她一起来的，因为杏儿爹的病，只好耽搁了。看见她的样子，杏儿会怎么想呢？她一定会眼红吧。可是，后来，对这工作服，桃叶的看法渐渐改了。喜欢还是喜欢的。然而，却多了很多无端的憧憬。到底憧憬什么呢，一时也说不出。桃叶低头把围裙上的一些褶皱慢慢抚平，很黯淡地笑了。

有音乐细细地传来，缥缈，清婉，仿佛一个辽远的梦。茶楼里点一种香，淡淡的，不十分浓郁，却有一种沁人肺腑的气息，让人迷醉。桃叶立在地下，看着那间茶室门上的牌子，花好月圆，四个字瘦瘦的，眉清目秀，很受看。长长的流苏披拂下来，微微荡漾着，闪烁出丝质的光泽。门的上端，是磨砂玻璃，一丛兰草图，在灯光的映衬下，起伏有致。桃叶看了一眼那灯光，柠檬色调，温馨，神秘，让人莫名地心乱。墙壁上的钟当当响起来，十点钟了。算起来，那一对人，在茶室里，总有四个钟点了。茶楼里，依然闹热。棋牌室里传来麻将碰撞的声音，泼辣辣的，很清脆。下棋的呢，则安静得多了。托着脑袋，一脸的严峻，一脸的风霜，他们是沉浸在另一个世界里去了。走廊上，偶尔有人走动，把木质地板踩得吱吱响。洗手间在茶楼的两端，中间茶室的客人，须经过一段不短的旅行。几个女孩子站得乏了，忍不住相互说说话。却不能凑在一处，担心领班或者老板看见了。她们各自站在原地，用神情示意。小白把嘴巴冲着花好月圆努一努，又抬起下巴指一指墙上的挂钟，做出一个很暧昧的表情。桃叶知道她的意思。

在这几个女孩子当中，小白算是元老。据说，早在茶楼开业之前，就追随着老板南征北战。关于小白同老板的关系，茶楼里的人都讳莫如深。桃叶隐隐约约听到，这个小白，是老板的旧情人。十几岁来京城闯荡，认识了现在的老板。老板是有家室的人，同小白，是露水的鸳鸯，稍有风吹草动，就只有散了。小白呢，究竟年幼，对世事还远不曾看破，她原是一心想修得正果的。老板是何等样人物？近五十岁的人了，经历了风雨无数，早洞穿了其间的山重水复，种种艰险处。权衡之下，索性就把小白介绍给了一个朋友。怎么说呢？小白是这样一个水性的女子，流到哪里，都是随遇而安。岂料那一个人，也是使君有妇。直到如今，小白依旧是姜身未名。私下里，人们都说，这个小白，怕是命里如此。最近，也不知为什么，放着安闲的外室不做，小白执意要来茶楼做工。老板呢，碍着多年的情分，当然也有朋友的面子，就只有把这颗定时炸弹留在身边，却自此对她敬而远之。据传说，小白是对老板心有不甘。当然，这些都不过是传说罢了。以桃叶的眼光看来，小白称得上风姿楚楚。在京城磨炼既久，妩媚之外，身上自有一种风尘和沧桑。言谈间，却似乎是天真未凿的。这令桃叶很惊诧，同时也感到暗暗地宽慰。或许，只有小白这样的女子，才适合在京城里左冲右突，攻城略地。桃叶把目光跳开去，看着窗外。此时的北京，一城灯火，远远近近地闪烁着，把夜晚的天地映得明明灭灭。廊檐下，一只红灯笼，在夜色中摇曳不已。小白终是忍不住，已经同另一个女孩子凑到一处，吃吃笑着，咬耳朵。桃叶过去不是，不过去呢，也不是，迟疑了一时，只好去卫生间避一避。在这家茶楼，小白是无所惧的。在她，不过是寂寞之余的游戏，或者叫作娱乐也好。游戏总是不乏娱乐的成分的。桃叶却不同。她必须兢兢业业。这份工作，对她非比寻常。

从卫生间出来，一眼看见洗手池前站着一个人，却是那女客。此时，她正对着镜子，很仔细地补妆。桃叶慢慢地洗手，一面偷眼看镜子里的女人。她发现，女人脸色微酡，有一种掩不住的春色。她的头发已经纷披下来，流泻在肩头，她正用嘴衔着一支发卡，慢慢地整理。大概觉出了旁边的注视，她微微侧转过身。桃叶赶忙低头洗好手，匆匆往外走，却同迎面而来的小白几乎撞个满怀。小白说，桃叶，正找你呢——花好月圆。

　　植物硕大的叶子在灯光中招展着，把婆娑的影子投在地上，大片大片的，掠过来，森森地，满蓄着风雷。桃叶立在门外，对着一地的影子看了半晌。门已经阖上了。花好月圆。牌子底下的流苏还在微微颤动。方才，她犹疑了一下，才轻轻叩响了门。男客已经站起来了，慢慢踱到窗子旁，很专注地欣赏那幅画。桃叶把电热壶里的水续满茶壶，重又把各自杯子里的残茶倒掉，斟上新茶。把托盘里的果壳清理好，换上干净的烟灰缸。男人自始至终背对着她。他可真是挺拔。站在那里，仿佛一棵蓊郁的大树，沉默中透着一种说不出的英气。不知为什么，桃叶感到这房间里有一种莫名其妙的气息，黏稠，热烈，微甜，却又是暗流汹涌，让人止不住地心旌摇曳。男人慢慢转过身来，朝这边看。桃叶感觉自己的心像惊了的马，跳得动荡。慌乱间，她碰翻了一盘开心果，白色的果实撒落下来，骨碌碌滚了一地。桃叶慌忙弯腰去拾，抬眼却看见那男人的皮鞋，闪着凛然的光。桃叶越发慌了。正手忙脚乱，她感到一片阴影覆盖下来，心里一惊。男人立在她身旁，居高临下地看着她。这令她感到一种莫名的威压。正无措间，门开了。女客回来了。男客重又踱到窗子旁边，认真地看那幅画。女人呢，则在沙发的另一端坐下来，端起茶杯，看桃叶收拾。一时无语。收拾完，桃叶躬身退出来，把门带上。花好月圆的牌子轻轻摇晃了一下，就平静下来。桃叶立在影子里，想着方才的事。几位客人从走廊的另一端走出来，打着长长的哈欠，准备离去了。还有一位，从深处的茶室里踱出来，擎着手机，絮絮地说着，忽而，纵声笑起来，看看周围，赶忙又握住嘴巴，冲着手机窃窃地讲着，一脸的莫测。一位女客在走廊上慢慢走着，忽然，高跟鞋就趔趄了一下，她一惊，赶忙把心神定一定，更添了几分小心走路。桃叶看着这一切，仿佛看着一场乱梦的碎片，一时收拾不起。她感觉手里的电热壶越来越重，像铅一样，令她整个人都坠下去，坠下去。握着壶把的那只手，却早已经僵硬了。

窗外，夜色迷离。偶尔，有一辆汽车疾驶而过，在灯光的河流里，溅起闪亮的浪花。小白正在低头发短信，发着发着，忽然就哧哧笑了，掩着口，一脸的是非恩怨。世间，或许真有这样的女人，她们感情丰沛。对异性，永远怀着缥缈的幻想，永远心神激荡。这一向，小白同一个男孩子过从甚密。这个男孩子，桃叶是见过的。看样子，顶多刚满二十，穿着牛仔，脸上是稚气未脱的神情。同小白站在一起，简直是悬殊得无理。当着人，男孩子叫小白作白姐。小白携着男孩子的手，很欢喜地介绍道，这是我弟弟。说着，朝着那弟弟飞去一个媚眼，弟弟就红了脸。小白咯咯笑起来。桃叶从旁看着这一切，心头忽然涌上一种说不出的忧伤。

又有一拨客人走出来，在门口，相互道别，挥手，不知说到了什么，都笑起来，在这安静的夜里，显得格外响亮。小白还在低头发短信。那几个女孩子，都已经乏了，站在那里，神情倦怠，目光恍惚。小白的手机唱起来，她让它响了半晌，方才接听，懒懒地问道，喂——那边不知道在说什么，只见小白的眉头慢慢蹙起来，蹙起来。渐渐地，声音里就有了柔情的哽咽。良久，那边显然是在极尽曲折地逢迎，这一端，容颜也就渐渐展开了，倏忽就笑了一下，骂道，去——很娇嗔了。小白脸上还带着泪珠，却已经开始冲着手机的那一端吹气了，轻柔地，一脸小孩子的天真，还有小女人的风情。桃叶把眼睛看向窗外。

茶楼对面，是一家时装店。此时，早已经关了门。一对恋人相拥着走过，在不远处的灯影里，忽然就停下

来，抱在一起，热吻。地上，他们的影子长长短短，纠
缠不休。小白的电话还在继续，只是，早已经变成含混
的呢喃，还有轻笑。桃叶立在窗前，感觉自己背上出了
一层毛茸茸的细汗，痒刺刺的，很难受。这一带，路的
两旁，多的是槐树，叫作国槐的，深秀繁茂，很老了。
夜色中，老树枝叶模糊，黑黪黪的，沉默着，仿佛隐藏
着无尽的秘密。一辆摩托车飞奔而过，风驰电掣一般，
转眼就不见了踪影。墙上的挂钟当当响了，桃叶吃了一
惊，方才把心思慢慢收回来。小白已经打完了电话，此
刻，正在忙着发短信。几个女孩子，在走廊里慢慢走动
着，为着能够及时给客人服务，当然，也为着不让自己
犯困。正在放着一支古筝的曲子，低低地，百转千回，
仿佛一只蝶，美丽而哀伤，在茶楼的每一个角落里细细
地游走，停停落落。桃叶很入神地听着，轻轻叹了口
气。真的，也不知从什么时候，桃叶喜欢上了叹气。有
时候，桃叶自己也觉得难为情。有什么可叹气的呢？想
想从前，还有乡下，父母，还有，杏儿。为什么要叹气
呢？桃叶黯淡地笑了。

　　植物硕大的叶子静静地绿着，在地上投下森森的影
子，一片一片的，形状有些夸张。桃叶对着门上的牌子

看了一会儿，花好月圆，四个字瘦瘦的，很好看。柠檬色的灯光透出来，把那丛兰草映得格外生动。桃叶看着那灯光，忽然心里有个地方细细地疼了一下。

直到后来，桃叶也不知道，事情究竟是什么时候发生的。清场的时候，那一对客人，被发现双双卧在沙发上，拥抱着，已经没有了呼吸。地上散落着几只竹筒。这种劈开的竹筒，有着锐利的棱角。茶具却是完好的。茶几上，两只茶杯相对，静静地打量着对方。那幅画还在。还有画上的物事，南瓜，葫芦，大石榴，咧开嘴巴，露出里面鲜红的秘密。

日子一天天过去了。茶楼照旧热闹。那件事，人们议论了一时，也就渐渐淡忘了。花好月圆的茶室，一切如旧。每天，迎来送往，满眼都是繁华。只是，桃叶却有些变了。她喜欢站在茶室外面，那一株茂盛的植物下面，默默地看茶室门上挂的那个牌子。一看就是半晌。花好月圆。这几个字瘦瘦的，眉清目秀，很耐看。

「火车开往 C 城」

夜色慢慢降临了。我看着窗外一掠而过的田野，村庄，树木，河流，心里有一种久违的轻松。我要出趟公差，去B城。

我在我们这个小城的一家图书馆上班，出差的机会很少。绝大部分时间，我坐在图书馆的借阅处，无聊地翻看小木盒子里的借书卡。借书卡上有借书人的姓名，年龄，单位，住址，联系方式，借阅的图书等。我把这些借书卡一张一张抽出来，翻来覆去地看，想象着这些人的相貌，性格，还有他们的生活。当然，这些人有一个共同的特点，就是爱看书。我对此不屑一顾。我不喜欢看书。面对着一排排的书架，以及书架上黑沉沉的书，我总是犯困。我更喜欢坐在椅子上，发呆，瞌睡，胡思乱想。在周围人眼里，我是一个循规蹈矩的人，准时上班，准时下班，准时接送孩子，准时吃饭，准时睡觉。就连跟老婆做爱，也从来都不肯马虎。一周两次，这是一个固定不变的频率。当然，一些特殊日子除外。

车上的灯亮了。对面坐着一男一女。男人总有五十了，或者，四十七八，衣着讲究，戴一副眼镜，很斯文的样子，看上去像一个学者。女人很年轻，至多不过二十岁，很清纯的一张脸。两个人不时地聊上两句。我半闭着眼，猜测着他们的关系。有售货车过来，男人招手示意，买了两杯冰激凌。我犹豫了一下，要了一杯奶茶。我慢慢地喝着奶茶，心里盘算着出差的事。其实，这回出差纯属阴差阳错。采购小姜病了，我是临时替补。 B城有一个图书订货会，我去探一下行情。也就是说，这次出差，并没有什么具体任务。这令我很放松。就当作一次公费旅行好了。我想起头儿的话。 B城，可是美女如云啊。我抬头看了一眼对面的美女，整个人就呆住了。我发现，学者正把美女揽在怀里，在她耳边低语。我把空的奶茶纸杯慢慢捏扁，内心里忽然充满了莫名的忧伤。

出了站，已经是夜里十一点半了。我拉着行李箱，慢慢走在 B城的街道上。此时，夜色温柔，这个陌生的城市，竟令我有一种奇异的亲切。一辆出租车在我身旁慢下来，我挥挥手，放它离去。我忽然想在这个城市走一走。为什么不呢？这么好的夜晚。灯光闪烁，把夜色装点得繁华动人。高楼，店铺，街道，硕大的广告牌，一切都是陌生的。我喜欢这种陌生。有一对情侣相拥着走过，缠绵得迈不开脚步。一个男人，一身的酒气，正在对着手机说话，语无伦次，时而大笑。我的箱子在路面上碌碌地响着，在这深夜时分，格外引人注目。然而，没有人注意我。甚至，都没有人朝我看上一眼。我心里高兴起来。先生，要不要喝上一杯？路旁的黑影里，一个女人的声音。我吃了一惊。一个艳妆的女人，站在那里，背着光，我看不清她的脸。我停下来，很从容地跟她调情，砍价，她的眼睛在夜色中闪闪发亮。我闻到一股浓烈的香水的味道，我皱了皱眉。一辆出租车过来，我招招手，打开车门，请女人上车，女人提着裙子，很艰难地爬上去。我对司机说，九州大厦。啪地把门关上。我目送着车子扬长而去，想象着女人歇斯底里的咒骂。是的，我骗了她。我不住九州大厦512房间。小姜说过，九州大厦太贵，五星级，我们消受不起。

　　来到预订的宾馆，已经是深夜两点了。洗完澡，躺在宽大的双人床上，洁白的卧具，散发着淡淡的芬芳。我忽然特别渴望在这一尘不染的床上放肆一番，当然，是和女人。想起那个艳妆女人的眼神，我有些隐隐的懊悔。不应该把她骗走，应该把她带回来。这么多年，我只有老婆一个女人。凭什么？这么多年！有时候，老婆拧着我的耳朵，说，嫁给你，就是图一样，放心。说着，嘎嘎地笑，语气很嘲讽了。平日里，对这种话，我是早就麻木了。可是今天，我忽然变得忍无可忍。哼，放心。我知道这话里的意思。我老实，窝囊，懦弱，无能，没有哪个女人会对我这样的男人动心。放心。她当然放心。她以为，就因为我让人放心，就可以任意地对我，当着外人，当着她的父母，甚至，当着儿子。想起老婆臃肿的腰身，我心里恨恨的。凭什么？

门铃响的时候，我都快要睡着了。然而，我很快就激动起来。这是一个很丰满的女人。在床上，这个女人如此狂野，妩媚，伶俐而风情，这令我吃惊。我们度过了一个销魂的夜晚。这么多年了，我从来没有像今天这样，这样放松，这样享受，这样欲仙欲死。欲仙欲死，这真是一个生动的词。我付了一笔很可观的钱，我真的喜欢她。不，我感激她。她让我懂得，什么才是女人。

我拥着她，情意缱绻。忽然，铃声大作，我一下子坐起来。是闹钟。每天早上，我的手机都会在七点钟准时响起。昨晚我是忘了调了。屋子里寂寂的，我看了一眼身侧，什么都没有。我横在床上，一只枕头被我抱在怀里，揉得面目全非。妈的。我把怀里的枕头狠命地扔在地上，颓然倒下。我侧过身，百无聊赖地按着床头灯的开关。灯一亮一灭，仿佛一双闪烁不停的眼睛。我躺着，浑身无力，感到异常地迷茫和绝望。

吃早点的时候，我同服务小姐吵了一架。起初，我还努力地保持冷静。我把她叫过来，把豆浆里的一根头发指给她看，她千不该万不该，在说对不起的时候把嘴巴撇了一下，扭着腰肢去给我换一杯新豆浆。我忽然就爆发了。我咆哮着，把豆浆摔在地上，清脆的玻璃破碎声立刻引起了整个餐厅的骚动，人们纷纷把目光投过来，想看一看事情的究竟。我也不知道自己哪来的那么大的火气，我站在那里，面对闻讯赶来的经理，滔滔地宣讲，辩驳，训斥。我简直为自己感到惊讶了。平日里，我是一个寡言的人，用我老婆的话说，三锥子扎不出一个屁。我内向，害羞，近于木讷，从来都是多一事不如少一事，在众人面前，我几乎不会大声说话。有时候，我老婆气急败坏地诅咒我，骂我窝囊废，受气筒，烂泥巴抹不上墙。你简直不是男人。最后，我老婆骂累了，总结道。然而，今天，我是怎么了？如果老婆在场，她一定会对自己的老公刮目相看。经理在我面前弯着腰，忙不迭地道歉，冲身旁肇事的服务小姐呵斥着。我看见泪水在服务小姐漂亮的眼睛里闪烁，我忽然有些怜香惜玉了。我想起这么多年，在单位，在家里，在任何地方任何时候，我总是扮演这种被训斥的角色。我把手挥一挥，结束了这场讨伐。餐厅里慢慢平静下来，我重新坐在桌前，从容地享受新鲜的豆浆，还有一份美味的烘焙面包。

　　吃过早点，我在街上悠闲地散步。我本来是打算去图书订货会的。既然来了，怎么也要去看看。对工作，我向来是一丝不苟的。可是，来到街上，我就改变了主意。是个晴好的天气，阳光照下来，软软地泼在身上，让人说不出的温暖熨帖。这样好的春天，这样好的阳光，我应该尽情享受一下才是。大街上，来来往往都是行色匆匆的人。春日的阳光下，他们一脸的茫然，还有麻木，低着头，急急地赶路。看着汹涌的车流，我长长地舒了一口气。说实话，我有些幸灾乐祸。多好。今天，此时，我什么都可以想，什么都可以不想。我自由，散漫，像一个无业游民，一个流浪汉。我看了一下手表，八点半，通常，这个时间，我刚送完儿子，正奋力骑车赶往单位。从家到学校再到单位，几乎要绕过大半个城市。这么多年，风雨无阻，我是怎么过来的？身旁，一个男人骑车擦身而过，身后坐着一个胖墩墩的孩子。男人一边骑车一边看表，满脸的焦虑。我心里笑了一下，立刻又觉出自己的不厚道。我冲着天上的鸽群吹了一声响亮的口哨，鸽群受了惊，扑棱棱飞走了。

太阳越来越热了。我渴了，在路边的冷饮店坐下来，喝果汁。这时候，手机响了，一个陌生电话。对方是个女人，一开口就说，死哪去了，没良心的——快点啊，九州大厦，一层咖啡厅。我对着手机愣了那么一会儿，刚要开口，对方却挂断了。九州大厦。我想起了那天晚上，那个艳妆的女人。我把果汁慢慢地喝完，把瓶子倒过来，扣在桌上。冷饮店的老板娘很诧异地看了我一眼，张了张嘴，没有说话。

站在门外，我仰起脸，看着高高的台阶，铺着红地毯，一直通到闪闪发光的旋转门。九州大厦，果然气派不凡。听小姜说，这里面的服务小姐，一律是大学毕业，年轻貌美，经过特殊训练。小姜说这话的时候，特意把"特殊"两个字强调了一下。我在咖啡厅靠窗的位置上坐下来，打量着四周。客人不多。一对老外，一个梳辫子的男人，在屏风背后，有一个女人，正认真地研究着单子。我猜测，这个人就是电话里的女人。服务生走过来，问我要什么，我踌躇了一下，要了一杯冰水。妈的，一杯冰水，都要三十块，简直是敲诈。我喝着冰水，眼睛从杯子上方遥遥地观察着那个女人。她还在耐心地研究单子。平心而论，这是一个很有味道的女人，大概三十出头的样子，美丽而优雅。女人的气质，只有在三十岁以后，才能慢慢地显露出来，这话看来是真的。想起她在电话里的娇嗔，我心里一跳，身上就热起来。这样的一个女人，她要等的，会是一个什么样的男人？我想起凌晨的那个梦。直到这时，我才发现，眼前这个女人，跟梦里那个人何其相似。不，简直就是梦里的人。我的心越发跳得厉害了。热热的掌心，在冰凉的杯子上留下清晰的痕迹。我出汗了。正心猿意马间，那个女人掏出手机接电话，一脸的恼火，拎起包就往外走。我赶忙尾随出去。

　　这么多年，生平第一次，我跟踪一个女人。在一个陌生的城市，跟踪一个陌生的女人。我这是怎么了？大街上人潮汹涌。女人的白裙子在阳光下时隐时现，白裙子的屁股很好看，在紧绷绷的裙子里，像两只饱满的苹果，一前一后地滚动。我满头大汗。忽然，白裙子不见了。我站在那里，茫然地看着四周。车声，人声，一片喧嚣。阳光像雨点，劈头盖脸砸下来。我的太阳穴突突跳着，眼前金灯银灯乱窜。我闭了闭眼。

坐在路旁的长椅上，我心情沮丧。我还在想着白裙子。一个人的消失，仿佛一滴水掉进大海，转眼就无处寻觅了。太阳明晃晃的，把这个世界照得昏昏欲睡。我把脚跷在椅背上，让自己更舒服一些。蝉躲在不知哪棵树上，热烈地叫着。真是奇怪，这才几月，在这个城市，居然有蝉鸣了。我循着蝉声望去，满目的青枝绿叶，在阳光下灼灼地闪烁。我觉出口袋里硬硬的，摸了一会儿，摸出一支棒棒糖。我儿子爱吃棒棒糖，草莓口味。我把棒棒糖剥开，让糖纸随风而去。我吮着棒棒糖，看着那张花花绿绿的糖纸伏在地上，被风吹得一张一翕。我不喜欢甜食，对各种糖果，更是敬而远之。可是今天，我竟然爱上了棒棒糖。棒棒糖很甜。我的口腔里弥漫着浓郁的草莓的甜香，我不由得打了寒噤。我喜欢这种感觉。一个孩子走过来，胖胖的，大概不到两岁。他弯下腰，努力去捉那张糖纸。后边跟着一位年轻的母亲，学着细细的童音，说宝宝真棒，把糖纸扔到垃圾桶。我这才发现，旁边几步开外，有一个垃圾桶。我感到脸上有些发烧。从小，我就是这样教育儿子的。年轻的母亲拉着孩子走过去了，我眯起眼，看着她的背影，半天，从牙缝里挤出一个字，切。

中午，我回到宾馆。宾馆里有自助餐，据小姜介绍，味道好极了。当然，更重要的是，餐费含在住宿费里，可以报销。我慢条斯理地享受午餐，偶尔，会想念一下白裙子。此时，她在做什么？回到房间，我冲了个澡，并不擦，淋漓着一身的水珠，赤条条地走来走去。镜子里出现了一个中年男人，已经开始发胖，肥厚的肚腩，后背，线条模糊，完全没有了棱角。我看着这个男人，心头忽然涌上一重很深的悲伤。我想起很多年前，阳光下，几个少年，在操场上奔跑，呼啸，浑身热气腾腾。力量，速度，汗水，血液在血管里沸腾。可是，如今都过去了。我有多少年不上球场了？我的身体，在时光深处慢慢堕落，沉沦，在生活的重围中，我无能为力。身上的水珠一点一点蒸发了，皮肤一寸一寸地紧绷起来，像一张张小嘴，温柔地吸吮。我抱着双肩，看着镜子里的那个人。这么多年了，我几乎从来不曾注意过自己的身体。我感到陌生，不安，还有莫名的恐惧。我蘸着口水，在镜子上画了一个很大的叉，镜子里的人被分成了几半，看上去很滑稽。我把自己扔在床上，看着天花板发呆。我又想起了白裙子。

晚上，我本来打算出去走走。明天一早，我就要回去了，回到那个小城，回到日复一日的生活。我说过，我这种工作，出差机会几乎为零。那么，今天晚上，我应该好好挥霍一下才是。或者，叫一个女人？我吃了一惊，我被这想法吓了一跳。天地良心。我是一个正派的人。这么多年了，我一直很努力。好丈夫，好父亲，好员工，好公民。总之，我努力了。可是，我为什么总要让旁人满意？

吃过饭，我刚要出门，发现手机不见了。不行，我不能没有手机。手机是我同这个世界之间的纽带，我离不开它。我找遍了房间的每一个角落，床上，地下，窗帘的后面，地毯缝隙里。没有。手机不见了。我敲着脑壳，在房间里团团转。真他妈的邪门了。我努力回想最后一次用手机的时间，却怎么也想不起来了。平日里，我的手机习惯沉默。我说过，我交际不多，朋友更少。就连老婆，有事找我，也喜欢把电话打到图书馆。因为电话少，我的手机没有办免费接听。倒是偶尔有一些垃圾短信，在那些百无聊赖的图书馆的午后，或者是黄昏，适时地骚扰我一下，让我从昏昏欲睡中蓦然惊起，懵懵懂懂地看一眼墙上的钟表。如今，手机不见了。焦躁过后，我竟然感到一种莫名地轻松。多好！手机不见了。谁都别想找到我。谁都别想。

火车站很嘈杂。天南海北的人，在这里短暂停留，然后从这里出发，各奔东西。火车很准时。我坐在窗前，看着B城一点一点被火车抛在身后，感觉自己像做了一场梦。早晨的阳光落在玻璃上，一跳一跳，活泼极了。我拿出一份B城晨报，慢慢看起来。晨报上多是一些无聊的新闻，我看了一会儿，感觉很乏味。对面是一个中年人，正埋头认真地剪指甲。旁边是一个青年，塞着耳机，闭着眼睛，摇头晃脑。一个女孩子，正专心致志地发短信，手指飞快地动着，熟练得惊人。我百无聊赖。把车票拿出来，翻来覆去地看，就像看一张借书卡。 T123次，开往C城。我笑了。 C城。我发誓，之前，我从来没有听过这个名字。我想起买票的时候，人很多。我前面的一个胖子气喘吁吁地把钱递给窗口，说，C城，最早的一趟。我挤过去，对着窗口说，我也是。我看着手里的车票，粉红色，很好看。这不能怪我。来之前，我忘了买返程票。

太阳已经很高了。我半闭着眼睛，昏昏欲睡。C城，应该快到了吧。

「尖 叫」

国庆节前夕，他们终于搬了新家。今丽长长舒了一口气。要不是有她从旁督促着，恐怕就要拖到年底了。老车慢性子，干什么都比人家慢一拍。为了这个，今丽没少跟他吵架。这下好了。过几天国庆长假，又赶上中秋节。应该好好庆祝一下才是。

　　晚上，今丽就跟老车商量，要不要请笑贞他们一家过来，大家也好久没聚了。老车正在看手机，半晌才说，好啊。老车靠在床头，手机微微向里侧着，好像是怕别人看见。今丽看了他一会儿，说那就算了。老车呆了呆，才醒悟过来，说怎么又算了呢。今丽说，有人不愿意，可不就算了呗。老车说，谁不愿意了？我没意见。今丽笑着说，你没意见？我怎么听着像是意见挺大呢。老车把手机扔一边，开始胳肢她，一面逼问，还敢不敢了？找事儿！让你找事儿！今丽被弄得咯咯咯咯笑，一面笑，一面嚷，你再闹，再闹，再闹我可恼了。

十月份，是北京最好的季节。花草们都还繁茂着，天气却已经凉爽下来。阳光也不像那么热烈了，又明亮，又清澈。这房子楼层高，视野不错，远远地，可以看见隐隐的山峦的线条，起起伏伏的，笼在软软的金色的烟霭里。也不知道是雾气，还是尘埃，大街上红尘扰扰，到处都是烟火人间。

老车被今丽派出去买鱼了。点名要鳜鱼，清蒸鳜鱼，是她的拿手菜。今丽里里外外检查一遍，还算满意。这几天，为了收拾家，她的腰都要累断了。老车从旁笑她，至于吗，都是熟人。随意一点，搞这么隆重。今丽笑眯眯看了他一眼，说可不是。都是熟人。老车就不说话了。

门铃响的时候，今丽正在厨房洗水果。笑贞一家三口进来，换拖鞋，挂外套手包，一阵忙乱。接着客人参观房间，不断地有赞叹声，不错啊，真不错。尤其是笑贞先生，夸房间布置得好，有格调，一看就是女主人的品位。今丽听得心里喜欢，想，笑贞她先生倒是会说话。要是老车在，就好了。笑贞的先生对阳台上的小茶吧尤其感兴趣。一面看，一面赞叹，还特意在那把笨笨的木椅子上坐了坐，凭栏远眺。白色的纱帘飘飘摇摇，好像是一只大鸟，闲闲地张着翅膀。象牙色的阳光泻进来，把人和花茎都勾上毛茸茸的金边。笑贞先生手搭在椅背上，腕子上的手表一闪一闪的，又华贵，又大气。笑贞先生个子不高，倒是有一头浓密的好头发。有一绺碎碎的掉在额前，被笑贞随手给撩上去了。今丽看见，笑贞她先生一只手放在笑贞屁股上，轻轻拍了一下。笑贞娇嗔一笑，躲了。

老车回来了。除了鱼，还买了一大捧香水百合。整个人热腾腾的，脖门上都是汗。T恤衫胸前也有一块湿印子，不知道是汗水，还是别的什么。今丽腾不出手，笑贞就接过来，跟老车去找花瓶。笑贞今天穿了一件米黄棉布长裙，搭一件淡绿开衫，水仙花一般清新干净。都三十好几的人，还像是不染人间烟火的样子。也不知道，这么多年了，她是怎么修炼的。厨房的玻璃门上映出外面的人影子来，高高下下的，叫人忍不住去看。笑贞正弯腰插花，有一把剪刀不断地递过来，递过去，一来一往，很默契的样子，也不知是老车，还是笑贞的先生。百合的香气慢慢洇染开来，弄得人鼻子一阵痒，今丽忍不住打了个喷嚏，扬起声来叫，哎，你过来。帮我一下。过来的却是笑贞的先生。她有点难为情，笑道，我叫老车呢。没事儿。笑贞先生笑眯眯的，把厨房里里外外看了一遍，又回头看了看料理台上琳琳琅琅一堆盘盏，不禁赞道，好丰盛啊，这么能干。今丽不由得红了脸，一时竟不知怎么谦虚才好。

　　香水百合插在一只青瓷瓶子里。这青瓷瓶子还是去年，老车从浙江带回来的。老车这人，还是文人性情，最喜欢这些个小情调小心思。粉青色，上面藏着暗暗的冰纹，美人颈的形状，同那百合倒是十分相配。私心里，今丽不是太喜欢香水百合，觉得太张扬了。香气袭人，叫人觉得无端端地受到了侵犯。好看倒是好看的。
　　过去续茶的时候，笑贞正在百合边上玩自拍。两个男人从旁笑眯眯看着，指点着角度，光线，构图，一面喊着，好，这样好，哎，别动，就这样。笑贞满面朝霞，十分好兴致，抬头见今丽过来，笑道，不玩了不玩了。老喽，如今越来越不爱拍照片啦。笑贞先生怂恿道，你俩一起，一起来啊。笑贞看今丽，今丽看看身上的围裙，指指厨房笑道，我那边火上还煲着汤呢。你们玩儿。

　　笑贞的儿子饭饭在小书房里玩游戏。男人们在客厅里喝茶聊天，时不时哈哈大笑起来。今丽掌勺，笑贞给她打下手。这房子是明厨明卫，越发显得干净清爽。阳光照进来，落在料理台上，锅碗瓢盆都闪闪发亮。今丽说，你家先生挺幽默啊。笑贞说，是吗？在家里倒是不怎么说话。理工生，闷得要死。今丽"哦"了一声，说真不看出来。今丽说理工生好啊，好管理。笑贞笑道，就是傻嘛。呆头呆脑，给个棒槌，就认了真了。今丽笑道，认真还不好？这年头儿，还有几个这么认真的呢。笑贞也笑，可不是，对我倒是挺能忍的，我这臭脾气。今丽把鱼尾巴啪地一刀剁下来，笑道，那真难得。案板上的鱼好像是忽然动了一下，今丽吃了一惊。这鱼都这样了，难道还活着？心里慌慌的，也不敢认真看那鱼眼睛。

　　这条鱼很肥，足有两斤重。老车到底还是买了武昌鱼，说是鳜鱼卖完了。有时候啊，不论大小事，就是难如人意。今丽也改了主意，要做汪家鱼。这汪家鱼是今丽娘家的菜，也不知道发明这菜的人，是不是姓汪。这汪家鱼有一样，就是调料一定要足，葱丝姜丝蒜末，还有香菜末，满满地铺在鱼身上，炸了花椒油热热地一浇，滋滋啦啦浇透了。今丽最喜欢吃的就是这些调料，鱼肉倒还在其次。笑贞坐在一旁的凳子上剥葱剥蒜。一双手嫩笋似的，留着指甲，染着透明的指甲油，手腕子上一只玉镯子一闪一闪的。今丽见她小心翼翼的，剥得辛苦，也不拦着她。再看看自己的一双手，指甲剪得秃秃的，给冷水泡得通红，起着新鲜的褶皱。老车的笑声从客厅里传过来，哈哈哈哈十分放肆。今丽心里恨恨的。也不知道该恨谁。

说起来，跟笑贞认识，还是因为老车。那时候，老车已经到北京了，在一家杂志社做编辑。今丽还在正定。每个月，老车都要回来一趟两趟。今丽教中学，忙起来昏天黑地，有时候也顾不上老车。中学里工作烦琐，今丽又是班主任，满脑子都是学生和卷子，回到家里话都不想多说一句。老车倒是常常说一些单位里好玩儿的事。一把手怎么跛屙了，二把手是一个老夫子，迂得厉害。有一个男编辑，马上就要退了，却被一个女作者找上门来，当众劈手打了一个耳光。谁谁闹了好几年了，婚还没有离掉，上周体检，倒又查出怀孕了。却从来都没有提起过笑贞。今丽偶尔也会逼问他，单位有几个女的，多大年纪，漂亮吗，有没有比她漂亮的。老车就眯起眼睛，坏笑道，多了去了。美女如云，我都忙不过来。今丽就说好啊，那我就省心了。今丽说想想古代的三妻四妾也是对的。遇上你这种贪心的家伙，谁受得了啊。老车哈哈笑道，可不是，中国梦。我的中国梦。今丽就掐他。

那一回，好像是结婚纪念日。晚饭过后，两个人喝了点红酒，都有点小醉了。正是五月，暮春天气。窗子半开着，草木郁郁的气息不断汹涌进来。不知道是谁家的猫，啊呜啊呜啊呜叫着，一声一声，叫得人心乱。屋子里没有开灯。月光清清地流进来，流了一床一地。老车好像是豹子一般，两眼灼灼的，简直要把人烫伤了。那只猫叫一声，今丽也叫一声。那猫叫两声，今丽也叫两声。那只猫叫三声，今丽也叫三声。那猫哀哀地叫个不休。撩拨得今丽也按捺不住，哀哀叫起来。

不知道是什么花开了，浓郁的香气，夹杂着露水和泥土的腥味儿。今丽躺在牛奶一般的月光里，身体里的潮水慢慢退下去了。小珍？晓真？萧针？还是筱贞？方才，老车在最要紧的那一刻，喊的那个人，她是谁呢？

月亮慢慢落下去了。好像是还在天边，影影绰绰的，却再也看不见了。老车的鼾声一起一落，带着喉咙深处细细的哨音。朦胧中，眼前这个人，这张脸，都让今丽觉得陌生。这么多年了，她自以为对这个男人再熟悉不过了。方脸，两边的颧骨突出来，下唇有点厚，眼皮一个单一个双。大手大脚大身坯，喜欢拨弄她的小耳朵垂，刮她的小鼻尖。每回都要把她惹恼了，他又放下身段，低三下四赔不是，抓着她的手打自己胸脯上的腱子肉。那腱子肉硬硬的，倒又把她的拳头给打疼了。待到她终于哭起来，他才慌了。一会儿哭一会儿笑，一时好一时不好。非要闹上半晌，才算罢休。

本来想立时三刻把他叫醒，当面问一问的。到底忍住了。万一呢，万一要是问出一些什么来，她该怎么办呢？或者是，根本就是她听错了，那一声喊叫，不过是她的幻觉。今丽僵硬地躺着，心里沸水一般，嘈杂得厉害。身上一会儿热，一会儿冷。月光终于暗淡下去了。黑暗仿佛有重量似的，压在她的身上，压得她喘不过气来。远远地，好像是有鸡啼声。一声，两声，三声。遥遥迢迢的，把这小城叫得仿佛旷野千里，荒凉的，寂寞的，没有一丝人烟。好像是起风了。月亮到底是沉下去了。

眼睁睁醒了一夜。第二天早上，仔细梳洗了，去准备早点。老车在卧室里叫她，她故意不答应。老车终于按捺不住，光着脚跑到厨房里来，从背后袭击了她。窗外的阳光一跳一跳的，落在她额前的头发上，缥缈的一片金烟一般。硕大的笔洗里面，几尾小金鱼受了惊吓，慌乱散去。水纹一波一波荡漾着，清晰地显出游龙戏凤的底子。玻璃窗子上映出她的脸，乱纷纷的头发，逼出尖尖的下巴颏，楚楚可怜的样子。眼睛却是亮亮的，好像是有泪水噙在里面。香水的味道，混合着身体汁水的味道，滴水观音的一片叶子上，有一滴水滴溜溜滚动着，滚动着，摇摇欲坠。她感到有一种巨大的眩晕，危险地，疯狂地，迷醉地，好像潮水一般，慢慢把她裹挟，冲刷，抛到浪尖上，又迅速坍塌，坠落，直直地落入不可测的深渊。

后来，今丽开始热心张罗来北京的事，计划着在北京买房子。老车有点惊讶。说你不是不喜欢北京吗？今丽只是笑，不说话。

卖掉老家的房子，在北京看房，买房，装修，一应琐事都是今丽操心。今丽常年当班主任，操心惯了。怎么说呢？今丽看上去柔弱，骨子里却有那么一点男子气。做起事来，杀伐决断，手起刀落，拿老车的原话说，十分有魄力。老车说这话的时候，今丽笑眯眯的，也不理他。老车的甜言蜜语，她也是听惯了的。老车就这一点，肯夸人，又肯示弱。生生把今丽赶到高处，勉力站着，站着，虽然脚下摇晃着，头晕目眩，却想下也下不来了。他自己呢，乐得享清福。一口一个我老婆，我何德何能啊。今丽笑听着，也不戳穿他。

饭饭在外面喊妈妈。笑贞赶忙出去看。笑贞穿的是今丽的拖鞋，秀气的脚踝上，系着细细的银链子，一步一闪，有一种琐碎的妖娆动人。拖鞋是人字夹趾拖，蟹青色，越发衬托出了脚的白嫩。今丽看着那小小的圆圆的脚后跟，粉红饱满，哒哒哒哒敲打着那拖鞋，敲打着地板。看着看着就走神了。锅里的汤噗的一声溢出来。她吓了一跳，慌忙关了火。

第一回见到笑贞，是她来北京以后。好像是个周末，他们出来逛街。老车好像忽然口吃起来，眼睛亮亮的，帮着她介绍。我同事，笑，笑贞。今丽的头皮炸了一下。心里某个地方闪电一般，亮了，又暗了。笑贞。笑贞。老车拿胳膊肘碰碰她，小声说怎么了，人家问你好呢。她这才回过神来，笑着握住了笑贞伸过来的手。笑道，你好。听老车提起过你。

后来，今丽一遍一遍回想，那一天笑贞的模样，却是模模糊糊的，什么都记不起来了。只记得那一天是个阴天，小雨细细飞着，京城里雾蒙蒙一片。街上人很多，嘈杂，热闹，都是模模糊糊，湿漉漉的恼人。笑贞好像是一道闪电，忽然间把那个灰扑扑的雨天都照亮了。她伸过来的那只手，小小的，软软的，冰凉，羞怯，敏感，有一点微微的神经质。有一滴雨水正好落在今丽的睫毛上，她眨了眨眼，又落在她的脸上。大街上喧嚣的市声忽然间就隐去了，仿佛退潮一般。四顾之下，只觉得空漠漠的，荒野一般，只留下他们三个人，在北京的秋天的细雨中，怔怔立着。

老车不知什么时候过来，在她身后看那鱼汤，一面笑道，辛苦啊老婆。口着脸，有点讨好，又有一点邪狎。老车的气息咻咻的，弄得她脖颈后面直痒，好像是某种动物，毛烘烘的拱过来。老车的衣裳有一种洗衣液的清香，夹杂着淡淡的汗味儿。今丽皱了皱眉。她有洁癖。一天下来，都不知道要洗多少回手。老车也被逼迫着，从里到外收拾得干净清爽。先是委屈叫苦，后来也就慢慢习惯了。今丽说怎么不去陪客人呢。拿下巴颏儿指一指外头。老车小声道，打电话呢。一会儿喝点酒啊。今丽嗔道，少喝点，又出洋相。老车朝她做个鬼脸。

那天逛街买了不少东西。两个人给细雨弄得湿漉漉的。连同那些个床单被罩，情侣运动装，睡衣也是同款的，一个深蓝色，一个柠檬色，湿漉漉的水汽，散发着簇新的纺织物的味道。一路上，老车话很多。说说这个，说说那个。说着说着，还没怎么样，自己却笑起来了。今丽也跟着笑，笑得眼泪都出来了。腮帮子酸酸的，牙齿却是凉森森的。笑着笑着就呛住了，咳嗽起来。雨还在细细地飞着，好像是越来越密了。路两旁好像是北京槐，高大蓊郁，饱含着雨水，沉默地伫立着，白的槐花落了一地，薄雪一样，又馥郁，又凄凉。街景变幻，一时模糊，一时深远。有行人打着伞，在雨地里匆匆走过。雨刷在车玻璃上来来回回地，徒劳地努力着。今丽忽然笑道，真傻。有什么用呢？伸手就要关掉。被老车喝一声，慌忙拦下了。

那天晚上，两个人躺在床上，闲闲地说话。老车看微信，不时评价一两句。今丽很少看微信，觉得无聊。又不能不用。单位里的工作群常常发一些通知啊什么的。老车见她疲懒的，腾出一只手伸过来，在她胸前撩拨。今丽忽然问，笑贞，是谁？老车愣了一下，笑道，我同事啊，就是今天碰上的那个。今丽说，怎么没见你提过呢？老车说，单位那么多人呢。今丽说也是。这个笑贞，挺有味道的。老车的手忽然就不动了，警觉地看了她一眼，笑道，是吗？我倒没觉得。今丽说，那你觉得，她好看吗？老车说，还行吧。就那样儿。老车的手又放肆起来。今丽打开他，笑道，说实话。你说实话。老车说，就是实话呀。一般般吧。今丽斜着眼看他，真的？老车一下子把她扳过来，压在上面。一面笑道，真的，真的，真的，真的。

后来，从那回以后，只要是在床上，今丽说着说着，不小心就说起了笑贞。老车纳闷道，老是提人家干吗？今丽笑道，连提都不能提啊？不过是一个同事。老车说，是呀，就是一个同事。你老说人家，无聊不无聊啊。今丽说，一点都不无聊。我一提她你就急，一提她你就急。心里有鬼吧。老车恼道，你这人，简直不可理喻。今丽笑道，看看看，心虚了不是？老车抓起枕头就走。今丽光着脚跳下床来，一把抓住他。两个人撕扯半天，不知怎么，兴致就起来了。就在地板上滚来滚去。老车大口大口喘着粗气，说叫你闹，叫你闹，叫你闹。卧室里的灯光晃动，衣橱，梳妆凳，大叶斑马绿幽幽的影子，落地台灯，玫瑰红土耳其地毯，旋转，飞翔，飘浮，加速坠落。今丽尖叫起来。

吃饭的时候，大家都喝了点红酒。今丽殷勤地给大家斟酒，布菜，添汤，替饭饭把鱼肚子挖下来，放在他面前的小碟子里。笑贞敦促饭饭说谢谢，谢谢阿姨。饭饭奶声奶气说了。笑贞的先生说，阿姨做的鱼好吃吗？饭饭说好吃。阿姨做的饭比妈妈做的饭好吃。笑贞脸上窘了一下，笑着敲一下他小脑瓜，骂道，小白眼狼。众人都笑了。今丽笑得最是响亮。老车喝了酒，话就多起来，又讨论起了天下大事，国内形势，世界格局。笑贞先生也应和着。时而辩论，时而补充。两个人谈得十分投机。饭饭吃饱了，又跑去看动画片了。笑贞落得自在，一面喝酒，一面同今丽闲聊。笑贞喝了酒，两颊酡红，搽了胭脂一般，一直红到两鬓里面去。眼睛也水水的，看起人来，眼波也不对了。笑贞的先生也不免分心，时不时切进来，跟女人们聊几句。老车端着酒杯，要跟笑贞喝一个。笑贞先生说太多了太多了。不想笑贞却笑眯眯端起来，一饮而尽。脸上越发好看了。老车直说好，好，果然好酒量。一面又帮她倒上。笑贞也不拦着，咯咯笑起来。今丽从旁冷眼看着，心想这女人，竟然看不出。见笑贞先生正倒了一杯，就举起杯子，跟他叮当一碰，笑道，干了啊。笑贞先生惊讶道，厉害啊。今丽越发来了兴致。老车眼睛里笑笑的，警告她道，不许喝了啊。别逞能。今丽笑道，我是没有酒量，可我有酒胆。笑贞先生说，女中豪杰，女中豪杰。今丽大笑起来。

后来的事情，好像都模糊了。也不知道是什么时候散的。只记得，笑贞好像是喝多了，不知怎么，趴在椅子背上，幽幽咽咽地哭。笑贞的背部线条很好看，腰细细扭着，屁股圆圆的突出来，仿佛一只花瓶的形状，在椅子上危坐着，古典中有一点放纵，撩人极了。笑贞先生倒是还好，耐心劝慰着，好像在哄一个小孩子。饭饭早趴桌子上睡着了，动画片兀自演着。老车好像也喝醉了，看着那半窗子的阳光，怔怔地一动不动。午后的阳光泼在他身上，把他弄得好像浴在金汤里一般。今丽浑身发软，想要抬起胳膊，却怎么都动弹不了。笑贞还在哭。好像是那酒都化作了泪水，要都涓涓细细流出来才罢休。

醒来的时候天色早暗下来了。卧室里只开了一盏台灯，门关着。隐隐听见外头有人在说话。太阳穴突突跳着，头有点疼。今丽在枕头上支着耳朵听了听，也听不出什么来。好像是香水百合的香气，森森蜜蜜的，弄得人心里乱纷纷的。也不知道怎么回事，喝了两杯，倒把自己喝醉了。平日里，她也算是能喝一点的。真是奇怪了。外头还在说话。好像是老车，在跟谁打电话。声音低低的，说一会儿，停一会儿。有半天没动静，以为是挂掉了，不想却又低低说起来。

也不知道过了多久，老车推门进来，坐在床边，俯下身来看她。老车身上热烘烘的，夹杂着浓浓的酒气。她皱了皱眉，正要轰他去洗澡，不想老车却笑眯眯压上来。她恼火得不行，使劲推他，打他。竟推不动。老车仿佛一只巨兽一样压迫着她，令她动弹不得。巨兽开始撕扯她，吞噬她，吸吮她。她没命地挣扎着。那巨兽喘着粗气，一面动，一面喊，笑贞，笑贞，笑贞，笑贞……她气极了，想要把他掀翻下去。忽然却发现，那巨兽不是老车。竟然，竟然是笑贞的先生。她又惊又怕，又羞又恨，一口咬住了他的手腕子。牙齿硌在那块手表壳子上，冷冰冰的，咸丝丝，一嘴的血。这才悠悠醒转来。

灯光从门缝里流进来，在门口画出一条窄窄的影子。厨房里的水龙头哗哗哗哗流着，好像是老车在洗碗。身上黏糊糊的，都是汗。也不知道怎么就做了这样的一个乱梦。嘴里有点苦，还有点咸，拿手擦一下，并没有看见血。心里怦怦怦乱跳着，背上细细出了一层热汗。

老车蹑手蹑脚推门进来，见她睁着眼，倒吓了一跳，笑道，醒了？凑过来看她的眼睛。今丽慌忙避开了，皱起鼻子闻了闻，说什么味儿呀。老车笑道，狗鼻子呀你。跑过去把窗子哗啦打开。一大股凉风吹过来，瞬间把屋子灌得满满的。不知道院子里什么花开了，幽幽细细的香气，丝丝缕缕游动着，有一点微微的腥甜的味道。窗帘被风撩拨起来，一下子鼓荡张开，过一会儿，又呼啦一下子凋谢了。床头那一本杂志，给吹得一页一页一页一页掀开来。窗台上那盆石斛兰也禁不住，在风中乱纷纷的。

今丽慢吞吞起床来。见客厅厨房干净整洁，心里暗暗喜欢，脸上却淡淡的，也不说话。老车帮她调了一杯蜂蜜水，端过来给她，自己却泡了一杯浓茶，也不怕烫，嗞嗞啦啦喝起来。今丽见他头发湿漉漉的，好像是刚冲了澡，衣服也换了，穿了那套浅灰色家居服，正是那个下雨天买的。屋子里很安静，钟表在墙上克丁克丁走着。空气好像还回荡着酒杯相碰的声音，笑声，哭泣声，细细碎碎的说话声。新房子，新家，新的生活，新的开始。玄关，客厅，厨卫，卧室，每一处都藏着匠心，每一处都有得意的那一笔。如今看上去，怎么竟然有一种曲终人散的莫名空虚呢？今丽端起蜂蜜水，一口气喝光了，甜丝丝的，从舌尖到胃里，熨帖极了。闲闲靠在沙发上，歪头问老车，怎么样啊？老车瞪她一眼，道，什么怎么样？今丽笑道，今天啊，今天的酒，喝得怎么样啊？老车笑道，好啊，挺好。今丽道，笑贞她先生，不错啊。老车撇嘴道，南方人么。语气模糊，也不知道是赞美，还是嘲讽。今丽笑道，我看两个人挺黏的。你看见没有？饭桌上，两个人你一眼我一眼，打眉目官司呢。老车蹙眉道，哦，是吗？我倒没有注意。今丽乜他一眼，笑道，知道，心不在肝上。又看了他一眼，说到底在哪呢，就不知道了。老车就恼了。把茶杯当的一下在茶几上一蹾。你无聊不无聊啊？今丽笑道，好大的脾气。又把身子靠过去，小声在他耳边笑道，你说，她怎么哭了？老车没好气道，我怎么知道！

今丽妈妈打来电话的时候，她正在厨房里忙着。她妈妈啰里啰唆的，在电话那边诉说她爸爸的不是。她是听惯了，也不大打算安慰她，只是很克制地听着。晚上要弄一点清淡的，养一养胃。绿豆百合粥，最好是小米粥，小米性温，最养人了。她妈妈这方面最是拿手。她这一辈子，好像就是在厨房里度过的。她爸爸嘴刁，对她妈妈的厨艺，却是说不出半个不字来。她妈妈平生最得意的，也就是这件事了吧。她从小看惯了妈妈在厨房里蓬头垢面的样子，心里恨得不行。恨妈妈太宠着爸爸。恨爸爸还不知足。年轻的时候，她爸爸是一个风流人物，生得体面漂亮，最有女人缘。她很记得，有一回，她背着书包回家，看见爸爸在家门口立着，跟芬姨说话。芬姨是爸爸的同事，推着一辆自行车，车筐里是一把芹菜，一个牛皮纸档案袋。她爸爸抱着双肩，一面说话，一面拿脚踢着芬姨的自行车。好像是一个夏天，傍晚的夕阳照在大地上，篱笆墙的影子一挡，正好把他们两个挡在绿幽幽的阴凉里面。她爸爸背对着她，一下一下踢着那脚蹬子。车筐里那芹菜簌簌颤动着。她看不见他爸爸的脸，只看见芬姨的脸色绯红，好像是天边的晚霞都燃烧到她脸颊上了。额前的头发被那不安分的脚镫子震得一颤一颤的。胸脯鼓鼓的，把那件粉色小衫莽撞地顶起来，好像也给那脚镫子震得一颤一颤的。芬姨忽然抬眼看见今丽，慌忙叫她小丽，她爸爸也在后头叫她。小丽，小丽。她只不理。一路跑回家里，见她妈妈正在厨房忙碌，上去一脚就把那煤油炉子给踢翻了。她妈妈劈手就是一巴掌，骂道，疯了呀你。她脸上火烧一样的，眼泪一路流下来，热热辣辣地疼，好像脸上变得坑坑洼洼的。厨房里的一切，搪瓷盆，描着牡丹富贵，蓝边的细瓷碗，还有笨重的菜刀，案板，勺子柄，模模糊糊的，透过一双泪眼，仿佛都变了形状。夕阳从窗子里照过来，好像是时间浩浩汤汤流过，把她妈妈融化成一个金箔一样的人儿，定在那里，怎么挣扎都脱不了身。

　　她妈妈还在电话那头絮叨。这么多年了，从年轻时候，到现在，她都抱怨了一辈子了。她怎么也不嫌累？她眼见得妈妈变胖起来，早年的窈窕身姿，都留在那个陈旧的相框里头了。也早就不打扮了。穿着肥大的家居服，有点破罐子破摔的意思。只有一样，对厨房，比以前更加热心了。她不知道，爸爸一辈子花花草草不断，却最终没有离开，是不是就是因为他离不开妈妈做的饭菜。电话里，妈妈一面诉说，一面又忍不住传授起驭夫术来。一口一个你爸爸，一口一个男人哪。今丽听得不耐烦，一面听，一面冷笑，也不忍心打断她。

　　好不容易才放下电话，心里头乱糟糟的。粥已经熬好了，她盘算着弄点什么清爽的小菜。她妈妈腌菜最拿手，她今年也学着做了几样，酸辣小黄瓜，椒盐茄子包，酸豇豆角，芥末菜墩儿。这些小菜，最是醒酒解腻，配粥吃再好不过了。

　　吃完饭，洗刷完毕，两个人窝在沙发上看电视。遥控器噼里啪啦换了一遍，到底觉得无味。老车一面看电视，一面刷微信，有一眼没一眼的。今丽歪在榻上，伸手拿一只靠垫塞在腰窝那儿。忽然看见那垫子底下有一个亮亮的东西，捏起来一看，却是一根细细的银链子，正纳闷呢，忽然想起来，笑贞脚踝上那一痕细细的光亮，一步一闪，有一种琐碎的妖娆动人。奇怪，这东西怎么在沙发上呢？莫不是笑贞不小心落下的？可要是掉了，也该掉在地上吧。偷眼看老车，见他只顾埋头专心看微信。心里疑惑，也不好说什么。

夜里，左右辗转，到底睡不着。老车还在刷微信。一面看，一面笑。见她推他，就把一个情色视频给她看。今丽一面看，一面骂，又是咬牙，又是笑。老车笑道，看你，又想看，又要装。今丽骂道，就你不装。连装都懒得装了，不要脸。老车笑道，我才不装，想要就是想要。说着就逼迫过来。今丽一面抵挡着，一面笑道，不行啊，今天不行。老车只不理她。今丽被逼得无法，把枕头底下那根细链子一下摸出来，扔到他脸上。老车哪里还顾得上这些。今丽气得对他又咬又踢，老车被他惹得火起，越发凶猛起来。今丽嘤嘤叫起来。

台灯照在人影子上，又把影子印在四面的墙上。那幅油画是抽象的色块，好像是蓝色的鸢尾花，又好像是一只野兽的头。浓烈的油彩泼在画布上，有质感的突起，粗糙的纹理，饱含的强烈的情绪，纷乱的，凝滞的，浓重的，岩浆一般，几乎要喷泻到画面外头了。一个男人细细地吸吮她，浓密的头发，毛茸茸拱着她的腿，南方气质的柔软的细腻的动作，叫人情不自禁。不是老车。老车从来不这样温柔地待她。她又害怕，又迷醉，想推开那人，竟不能。蓝色的鸢尾花悄悄绽放了，疯狂地，变形地，淫荡地，汁液四溅。野兽蠢蠢欲动，眼睛里灼灼燃烧着，好像喷出火来，好像要一口把她吞噬了。危急中，她听见一声大叫，笑贞。

周一的早晨，总是最紧张忙碌的时候。两个人吃完早点，双双出门。下楼的时候，今丽忽然问，笑贞的先生，叫什么？老车只顾看微信，没有听清，说什么？你说谁？今丽笑笑，半晌，方才叹气道，没谁。我是说，晚上吃什么？

「锦绣年代」

我说过，在我的童年时代，我的表哥，是我唯一亲密接触的异性。我的意思是，年轻的异性。

　　我们家姐妹三个。旧院呢，又俨然是一个女儿国。表哥的到来，给这闺帏气息浓郁的旧院，平添了一种纷乱的惊扰。这是真的。我记得，那个时候的表哥，大约有十来岁吧。他生得清秀，白皙，瘦高的个子，像一棵英气勃勃的小树。表哥是大姨的儿子。我说过，我的大姨，在很小的时候就被送了人。其实，也不是外人。我姥姥的妹妹，我应该叫作姨姥姥的，嫁得很好，可是，唯一不足的，是膝下荒凉，就把我大姨要了去。大姨一共生了三个儿子，我的表哥，是老大。小时候，表哥是旧院的常客。他干净，斯文，有那么一种温雅的书卷气。是的，书卷气，这个词，我是在后来才找到的。当然，现在想来，表哥念书终究不算多。初中毕业以后，他便去了部队。一去多年。怎么说呢？表哥身上的这种书卷气，把他同村子里的男孩子们区别开来。这使得他在芳村既醒目，又孤单。那时候，还有生产队。我姥姥常常带着表哥，下地干活。我表哥挎着一只小篮子，或者背着一个小柳条筐，跟在大人们后面，很有些样子了。生产队里的人，谁不知道我表哥呢？休息的时候，他们喜欢凑过来，逗我表哥说话。我表哥的村子离芳村不远，却有一些很有意思的方言，从小孩子的嘴里说出来，既新鲜，又陌生。还有，我表哥会唱《沙家浜》。人们干活累了，就逗他唱。这个时候，我姥姥总是不太乐意。她或许觉得，一个男孩子，唱戏，终究不好。然而，我表哥被人们奉承着，哪里看得见我姥姥的眼色？他站在人群中间，清清嗓子，唱起来了。人们都安静下来。我表哥唱得未见得多好。然而，他旁若无人。人们是被他的神情给镇住了。在乡间，有谁见过这么从容的孩子？直到后来，我姥姥每说起此事，总会感叹说，这孩子，从小就有一副官相呢。那时候，我表哥已经是家乡小城里的父母官了。

那几年，是我们家最好的时候。表哥常到我家来。

我母亲总是变着花样，给表哥做吃食。我母亲喜欢表哥。曾一度，她想把表哥要过来，做她的儿子。这事情在大人们之间秘密地商谈了一阵，后来，也不知道为什么，不了了之了。在我的记忆里，母亲在厨房里喜气洋洋地忙碌的时候，十有八九，一定是表哥来了。食物的香味在院子里慢慢缭绕，弥漫，表哥坐在门槛上，同我母亲，一递一声说着话。阳光照下来，很明亮。现在想来，或许，我表哥的存在，对我母亲是一种安慰。她命中无子，对这个外甥，自然格外地多了一份偏爱。后来，表哥参军，去了部队，常常有信来。信里，夹着他的照片。一身戎装，英姿飒爽。我母亲捧着照片，笑着，看着，简直是看不够。笑着笑着，忽然就哽咽了。我父亲把手里的信纸哗啦啦抖一抖，警告道，还听不听念信了？挺大个人了都！我母亲便撩起衣襟，把眼睛擦一擦，不好意思地笑了。直到后来，我们家的相框里，都有很多我表哥的照片。我母亲把它们一张一张摆好，放在相框里，挂在迎门的墙上。在我的几个姨当中，表哥同我母亲尤其亲厚，甚至超过了姥姥，超过了大姨，他的亲生母亲。我忘了说了，在家里，大姨是一个强硬的人物，生平最痛恨酒鬼。我的大姨父呢，又简直嗜酒如命。为此，两个人打打闹闹，纠缠了一生。大姨脾气刚硬，对孩子们，想必也少有柔情。心思细密的表哥，少年时代，有了我母亲的疼爱，或许也是一种依赖和安慰吧。

对于表哥，我的记忆模糊而凌乱。那时候，我几岁。总之，那时候，在表哥眼里，或许，我只是一个懵懂的小丫头，淘气的时候，给一根绳子就能上天。安静的时候呢，跟在他的身边，寸步不离。那乖巧的样子，常常惹得他笑起来。表哥笑起来很好看，一口雪白的牙齿，灿烂极了。那些年，河套里还有水。表哥常常带着我去捉鱼。我们把鱼放在一只罐头瓶里，捧着回家。村东，临着田野，有一带矮墙。表哥捧着罐头瓶，在矮墙上蹒跚地走。我在墙根下紧张地跟着。我看着他的两条长腿在矮墙上小心翼翼地交替，身子左右摆动，极力保持着平衡。那一天，表哥穿了一双黑色塑料凉鞋，是那个年代里常见的样式。他忍住笑，故作严肃，眼看就要到头了，他一个鱼跃，跳下来。我惊叫起来。罐头瓶在他的手里安然无恙。几条细小的鱼，惊慌失措，四下里逃逸，终是逃不出我表哥的手心。表哥纵声大笑起来。至今，我还记得他当时的样子。十一岁的表哥，穿一件蓝花的短裤，黑色塑料凉鞋里，一双脚被泡得发白，起着新鲜的褶皱。

表哥当兵走的时候，我已经上了小学。可是，依然不知道当兵的含义。我以为，表哥是回了他的村子，过不了几天，就会回来，像往常那样。我再也想不到，此一去，山高水长。再见面，已经是多年以后的事情了。

有一天放学回家，一进门，看到屋里坐着一个青年。看见我，他连忙站起来，笑道，小春子。我的心怦怦跳着，不知该如何是好，只听母亲从旁呵斥道，还不快叫哥哥！是衰哥！我看着表哥，他站在那里，微笑着，更挺拔更清秀了，只是，脸上的线条已经有了分明的棱角，下巴上，铁青的一片，他早已经开始刮胡子了。我站在那里，半晌说不出话。母亲朝我的额上点了一下，轻轻笑了，这孩子。表哥也笑了，小春子，长这么高了。我忽然一扭身，掀帘子跑出去了。正是春天。阳光照下来，懒洋洋的，柔软，明亮。也有风。我看着满树的嫩叶，在风中微微荡漾着，心里有一种莫名的怅惘。母亲在屋子里叫我。我踌躇着，不肯进屋。我不知道，我是难为情了。

表哥到底是见过世面的。吃饭的时候，他已经非常从容了。比当年唱《沙家浜》的时候，更多了一种成熟和持重。他同我母亲说起部队上的事，说起他这次转业，小城里的新单位，说起他的未来。我母亲认真地听着，微笑着，显然，有一些地方，她听不懂，然而，还是努力地听着，脸上眼里，尽是骄傲。她的外甥，终于回来了，要去城里吃皇粮，做官。这真是天大的好事。在我母亲简单而有秩序的世界里，上班，就是吃皇粮的意思，吃皇粮呢，自然就是做官的意思。这是乡村妇人最朴素的判断和认知。表哥在说起未来的时候，眼神里有一种光芒，是自信，也是憧憬。刚从部队回到地方，一切都是新鲜的。不同的环境，不同的规矩，不同的人事，在这个家乡的小城，他是决意要施展一番了。那时候，他还没有结婚。之前，我不知道，他是不是谈过恋爱。不过，那些日子，家里的门槛，早已经被媒人踏破了。大姨很着急。表哥呢，却是漫不经心，仿佛这事与他无关。后来，我才知道，我的表哥，心里曾经爱着一个人。那个人不是别人。你一定猜不到，那个人，是我们隔壁的玉嫂。

对于表哥的这场爱情，我始终不明所以。我只是从大人们闪烁的言辞中，隐隐知道了一些模糊的片断。玉

嫂是一个俊俏的小媳妇。你知道橘子糖吗？一种硬糖，
色状如橘子瓣，上面撒满了白色的糖霜。在那个年代的
乡村，这是我们最爱的零食。因为奢侈，偶尔才能得
到。在芳村，玉嫂的好模样儿，是男人们含在口里的一
瓣橘子糖，每每咂摸起来，都是丝丝缕缕的味道，甜甜
酸酸，让人不忍下咽。那时候，我们和玉嫂家，一墙之
隔。表哥常常被玉嫂唤去，帮她把洗好的湿衣裳抻展，
帮她到井上抬水，帮她把鸡轰到栅栏里去。表哥总是乐
颠颠地跑过去，听从玉嫂的吩咐。还有一回，我记得，
玉嫂央我表哥扬树上的一只猪尿脬摘下来。我们这地
方，杀猪的时候，小孩子们把猪尿脬捡来，吹了气，当
作气球玩。玉嫂指着挂在树上的猪尿脬，它在阳光中飘
飘扬扬，仿佛是柳树上长出的一个大果子。玉嫂脸色微
红，神情娇柔，想必是有些难为情了吧。一个小媳妇，
在家里玩猪尿脬，这要说出去，还不让人笑断肠子。我
表哥看了玉嫂一眼，又抬头看了看树上的大果子，他稍
稍犹豫了一下，很快，他往手掌心里吐了一口口水，像
村子里那些野孩子那样，他开始了笨拙的攀爬。现在想
来，当年，我的表哥，那样一个安静斯文的男孩子，酷
爱干净，在我为了躲避惩罚，身手敏捷地爬上树杈的时

候，他也只能站在树下，仰着脸，低声下气地请求我下来。那一回，他居然为了一个猪尿脬，玉嫂的猪尿脬，毅然地学会了爬树，像村里那些他鄙视的野孩子那样。我不知道，是不是从那个时候，我的表哥，那个斯文的少年，就对俊俏的玉嫂萌发了爱情的尖芽。当然，如果那也可以称为爱情的话。然而，多年以后，我依然能够记起玉嫂当时的样子，她的淘气和羞涩，她孩子气的神情，她眼睛深处的纯净和柔软，在那个春天的下午，显得那么可爱动人。

当然了，也可能是更早的时候。当年，玉嫂刚刚嫁到芳村，洞房里，少不得垂涎的男人们，说着各种各样的荤话，把新娘子逼得走投无路。我表哥默默坐在角落里，看着羞愤的新娘子，像一只惊慌的小鹿，在猎人的围攻下无力突围。灯影摇曳，表哥心头忽然涌上一股难言的忧伤。多年以后，表哥从部队回到小城，青云直上的时候，玉嫂还会跟母亲提起，感叹道，这孩子，就是不一样呢。规矩。那时候，在我的屋里只是坐着，一坐就是一夜。玉嫂说这话的时候，眼神柔软，她是想起了那个羞涩的少年，还是追忆起自己如锦的年华？

我不知道，那么多年，表哥是不是一直想着玉嫂，

那个俊俏的小媳妇。那么多年，他是不是曾经喜欢过别
人。总之，表哥对大姨的热心张罗，一直置身事外。大
姨无奈，托我的母亲劝他。我母亲的话，表哥倒是听进
了耳朵里。不久，他开始了漫长的相亲。那一阵子，我
们的话题，总是围绕着表哥的婚事。表哥很挑剔，简直
要从鸡蛋里把骨头挑出来。为此，委实得罪了不少人。
大姨的长吁短叹，常常路途迢迢地传到芳村，传到旧
院，传到我们的耳朵里，纷扰着我们的心。后来，我姥
姥出面威慑，表哥也不见动心。其时，我表哥已经在小
城里干得风生水起。事业上的得意，更加衬托出情场的
落寞。人们都感叹，世间的事，到底是难求圆满。也就
由他去了。却忽然有那么一天，表哥带回旧院一个姑
娘。那个姑娘，后来成了我的表嫂。

那一天，是个周末。我趴在桌上写作业。院子里一
阵摩托车响，表哥来了。我迎出去，却看见表哥的身
后，带了个姑娘。表哥没有向我介绍，只是笑着问我，
小春子，你一个人在家？这时候，我母亲从厨房里迎出
来，两只手上满是面粉。她在和面。我母亲慌忙把他们
让进屋，吩咐我去小卖部买瓜子和糖。她自己呢，忙着
给客人倒水。看得出，我母亲是有些乱了阵脚了。我知

道，这慌乱，是因为那个姑娘。我表哥呢，倒是镇定得多了。他坐在椅子上，同我母亲说着话，东一句西一句的，并不怎么看旁边的姑娘。我母亲敷衍着我表哥，极力劝那姑娘喝水，吃糖。她是怕冷落了人家。那姑娘坐在炕沿上，一直很温和地微笑着，抿着嘴。也不怎么嗑瓜子，只把一块糖仔细剥开，放在嘴里，静静地含着，偶尔，动一动，嘴角便隐隐现出两个深深的酒窝。公正地讲，这是一个好看的姑娘。圆润，甜美，像一颗珍珠，静静地发出纯净的光泽。然而——然而什么呢？我从旁看着，心里忽然涌上一股难言的忧伤。阳光从窗格子里照过来，懒洋洋的，半间屋子都有些恍惚了。表哥同母亲说着话，不知说到了什么，就笑起来。那姑娘也跟着笑了，露出一口雪白的牙齿。只这一瞬，我却发现了一个秘密。那姑娘的一颗门牙，少了一角。这使得她的笑容看上去有些奇怪。我在心里暗想，她的那颗牙，是怎么一回事呢？是小时候不小心摔的，还是天生如此？总之，这颗牙，实在是白玉上的一点微瑕，让人在惋惜之余，有些隐隐的悲凉。这是真的。就在这之前的几分钟，我还在暗暗挑剔着她的容貌，她的举止，她的一切，甚至，她的圆脸庞，也让我觉得有一些——怎么说——甜俗了。我的表哥，他是那样一个俏傥的人儿，温文尔雅，玉树临风。这世上，什么样的姑娘，才能够配得上他？然而，现在，我却已经暗暗原谅她了。原谅。我竟然用了原谅这个词。你能理解吗？你一定会笑我吧。阳光落在表哥的脸上，一跳一跳的，把他脸庞的棱角都镀上了一圈毛茸茸的金边。他铁青的下巴，微微向前翘起，有着很男子气的鲜明轮廓。我看着，看着，心里一阵难过。我是在替表哥委屈吗？

吃饭的时候，表哥一直在跟我父母说话。他甚至没有同那姑娘坐在一起。他坐在我母亲身旁。倒是我，同那姑娘紧挨着，我闻到一股淡淡的香气，跟母亲的好饭菜无关。那是姑娘身上特有的芬芳。我母亲不停地给她夹菜，那姑娘红着脸，谦让着。表哥端着酒盅，对饭桌上的推让不置一词，只顾同父亲聊天。他是在掩饰吗？我忽然感到喉头哽住了，鼻腔里涌起酸酸凉凉的一片。我端起碗，去厨房盛饭。

一院子的阳光。风把白杨树叶吹得簌簌响。芦花鸡无所事事地走来走去，偶尔，漠然地看我一眼。我立在院子里，只感觉喉头的东西硬硬的，横在那里，上不去，也下来。我的目光越过树巅，天很蓝，让人心碎。

在那一刹那，往事像潮水，汹涌而来。生平第一次，我感到了那种心碎。我是说，那一回，表哥，还有那个姑娘，他们的出现，对我，一个十几岁的小女孩，是一种打击。这是真的。后来，我常常想起当年，那一个秋日的中午，晴光澄澈，我立在院子里，为失去表哥而伤心欲绝。真的。失去。当时，我以为，我失去我的表哥了。我的表哥，被那个姑娘抢走了。而且，她虽然好看，却有着缺了半角的门牙。

然而，你相信吗？两年以后，在我表哥的婚礼上，我已经很坦然了。那时候，我已经上了中学。在学校里，在书本中，我见识了很多。我长大了。有了女孩子该有的秘密。会莫名其妙地发呆，叹气，有时候，想到一些事情，也常常脸红。喜欢幻想，也喜欢冒险。却把这些小小的野心藏在心里，让谁都看不出来。表面上，我是一个文静的姑娘，懂事，听话，也知道用功。可是，有谁知道我的内心呢？那一天，我是说，我表哥的婚礼上，到处是喧闹的人群。我表哥和表嫂——我得称她表嫂了，他们站在人群里，笑着。新娘子笑得尤其灿烂，她时时不忘拿手背掩一下口，她是担心她的那颗牙齿吗？新郎呢，则要矜持得多了，他穿着雪白的衬衣，打着红领结，那样子，真是标致极了。我忘了说了，当时正是五一节。按说，乡下的风俗，婚嫁的事情，大都在冬月农闲的时候。表哥和表嫂，据说是奉子成婚。当然，这些，我都是隐约从大人们口里听来的。

表哥常到芳村来。在旧院看看姥姥，然后到我家看母亲。当然，有时候，尤其是过年的时候，表哥也会带上表嫂。那一回，是过年吧，正月里，表哥和表嫂到我家来。我母亲正和玉嫂在院子里说话，看见表哥他们，很高兴，从他们手里接过东西，招呼他们进屋。表哥却立住了。冬天的阳光照下来，苍白，虚弱，像一个勉强的微笑。空气清冽，隐约浮动着硫黄呛鼻的气味。这地方，过年的时候都挂彩。如果你没有在乡下生活过，你一定不知道什么叫作彩。红红绿绿的一种纸，剪成好看的样子，用细绳串起来，院子里，大街上，飘飘摇摇，到处都是。母亲牵着表嫂的手，很亲热地说着话。那时候，表嫂已经怀了孕，酒红色呢子大衣，下面却是肥大的军装裤子，我猜想，一定是表哥当年的军装。她站在那里，已经显山露水了。不知道我母亲问到了什么，她点点头，却忽然红了脸，很羞涩地笑了。玉嫂却是大方多了。那时候，她已经生过两个孩子，在这方面，显然有着丰富的心得。她同表嫂热烈地讨论着一些细节，说着说着，就笑起来，是那种妇人才有的爽朗的笑。表哥立在那里，一时有些怔忡。风把头顶的彩吹得簌簌响。他在想什么呢？或许，他是想起了当年，那个隔壁的小媳妇，俊俏，羞涩，还有一些孩子气的调皮。那个猪尿脬，在多年前的那个下午的树梢上，微微飘荡。那个爬树的少年，笨拙，却勇敢，他的心怦怦跳着，他拼命抑住，不让它蹦出来。阳光透过树叶的缝隙，落在他的脸上，他不由得眯起了眼睛。他的手心里湿漉漉的，火辣辣的疼。他出汗了。那个少年，他的喘息声，穿过重重光阴，在耳边回响。而今，却已经是一个成熟的男人了，稳重，镇定，握有一些权柄，在小城里，也算是有些头脸。娶妻，生子，中规中矩地生活。偶尔，也有幻想，然而，很快就过去了。街上传来一声鞭炮的爆裂声，很清脆。表哥这才回过神来，刚要说些什么，却听母亲说，快进屋，外头多冷。

那一天，我记得，表哥一直很沉默。当然了，很小的时候，表哥就是一个沉默的人。或者说，沉静。表哥的话不多，可是，一句是一句。这是我母亲的评价。母亲在训斥我的时候，总是把表哥拿出来做比较。小时候，我是一个话篓子。那一天，表哥一直同父亲喝酒，而且，竟然在父亲的劝诱下，也点了一支烟，夹在手指间，也不怎么吸。里屋，玉嫂正和表嫂说得热烈。炉火很旺，欢快地跳跃着。阳光透过窗纸照进来，细细的灰尘在光线里活泼地游走。女人们的笑声传出来，我表哥猛地吸了一口烟，大声地咳嗽起来。

　　吃完饺子，他们就要走了。自然又是一番推让。我表哥把带来的东西堆在桌上，罐头，点心，其中有一种，叫作马蹄酥的，状如马蹄，香甜酥软，我已经多年没有见过那种点心了。表哥他们的车筐里，也装满了东西，南瓜，红薯，小米，我母亲一样一样地塞过来，撅着表哥的手，有些气势汹汹，仿佛在打架。表哥一直微笑着，连连说，够了，够了，盛不下了。我一直想不起来，那一天，表哥为什么要带上我。只记得，我坐在表哥的身后，表嫂骑着车，在我们旁边慢慢走。冬天，衣裳厚，她已经很有些吃力了。夕阳照在她身上，酒红的大衣仿佛要融化了。路两旁是麦田。这个季节，麦田还在沉睡。不过，也许，在大地深处，正在一点一点萌动着，渐渐醒来。谁知道呢？毕竟，二月，即便寒意料峭，也算是早春了。表嫂忽然停下来，跟表哥轻声说了两句。表哥迟疑了一下，回头让我下来。

　　夕阳温软地泼下来，村路上，远远近近，浮起一片薄薄的暮霭。我跟在表嫂后面，往麦田深处走。不知谁家的洋姜，许是忘了收割，孤零零地在田埂上立着。表嫂踌躇了一会儿，很费力地蹲下去。我背对着她，挡在前面。村路上，表哥的身影有些模糊，然而依然挺拔。他背对着我们，站着，一动不动。他是有些难为情吗？夕阳渐渐在天边隐去了。暮色四合。一群飞鸟从空中掠过，仿佛一群流星。微风吹拂，带着田野潮润的气息。多年以后，我依然记得那个黄昏。我站在表哥和表嫂之间，在某一瞬，我的心忽然柔软下来。多年以来，对表哥怀有的那种静静的情感，变得纯净，澄澈，轻盈无比。它在那一个黄昏，生出了翅膀，飞进童年光阴的深处，在那里长久栖落。

　　在姥姥家，在旧院，表哥一直是大家的骄傲，怎么说，是一种象征，象征着城市和权力。远亲近戚，谁家有了事，不去找表哥呢？那时候，表哥已经在城里牢牢扎下了根须。一个小城的父母官，在人们心目中，就是当朝的宰相，甚至，是朝廷。翻手为云，覆手为雨，有什么事情能够难倒他？他们的女儿，已经上了小学，聪明伶俐，是旧院里的小公主，有关她的种种趣事，在旧院的亲戚中广为流传。其时，表哥已经有些发福，很气派的啤酒肚，在皮夹克下隆起。先前浓密的头发，开始微微谢顶。一如既往的沉静，却更多了一种志得意满的笃定和从容。也是旧院的座上客。我父亲，我舅，甚至，我姥爷，都从旁陪着，有些诚惶诚恐的意思了。这个时候，表哥往往把我叫过来，让我坐在他旁边，问我一些学校里的事情。芳村这地方，有一些不成文的规矩，通常，女人是不能上酒席的。女孩子，尤其不能。我却不同。那时候，我已经在城里上大学。回到芳村，自然享有不一样的待遇。而且，大家都知道，从小，表哥最是宠我。我坐在表哥身旁，却忽然变得沉默了。我知道，我是感到性别的芥蒂了。当然，还有一种莫名的陌生感。表哥端着酒杯的手，白皙，肥厚。同我父亲他们粗糙的大手遭逢在一起，简直是鲜明的对照。我的表嫂呢，已经是奏然自若的妇人了。雍容，闲适，早已没有了当年的羞涩不安。她微笑地看着一旁鲜花般的女儿，接受着旁人的奉承，很怡然了。我姥姥，还有我的母亲，一直极力逢迎着那骄蛮的小女孩，甚而，有些谄媚了。也不知道为了什么，小女孩哭了起来，大人们立刻慌作一团。我表哥皱一皱眉头，呵斥道，不像话！然而也就微笑了，语气里有着明显的纵容。

大学毕业后，我在城里工作。回芳村的次数，是越来越少了。同表哥，也有几年不见了。偶尔，从母亲的嘴里，听到一些表哥的事。据说，表哥的仕途一直通达，同所有事业辉煌的男人一样，在那个闭塞的小城，他也时时有绯闻流传。表嫂为此同他闹，眼泪，争吵，甚至威胁，也往往无济于事。关于表哥和表嫂，他们之间的一切，我都不甚明了。只有一回，表嫂忽然打电话来，同我说些家常。说着说着，就说到了表哥。忽然就饮泣了。我一时不知如何是好。那一回，我们说了很多话，大都已经忘记了，只有一句，我依然记得。你哥他——是变了。表嫂说这话的时候，我能感到语气里那一种悲凉和无助。我怔住了。多年前的那一个斯文的少年，从岁月的幽深处慢慢走来。面目模糊。那是我的表哥吗？

那一年，母亲故去。表哥连夜从城里赶回来。他不顾人们的劝阻，一头跪倒在母亲的灵前，扑在母亲身上，痛哭失声，仿佛一个受尽委屈的孩子。我的泪水汹涌而下。往事历历。我的表哥。我的母亲。

芳村有一句谷话，两姨亲，不是亲。死了姨，断了根。母亲故去以后，表哥难得来芳村一回了。当然，也来旧院，看姥姥。每一回，都是来去匆匆。母亲故去的那一年，中秋，表哥来看父亲。一进院子，表哥就哽咽了。他是想起了母亲吧。物是人非。表哥和父亲，两个男人坐在屋子里，艰难地寻找着话题。更多的，是长久的沉默。秋天的阳光照过来，落在墙上的相框里。那是母亲的相框。如今，已经落上一层薄薄的灰尘。然而，依稀可以看出，有那么位一身戎装的青年，英姿勃发。那是当年的表哥。

从省城到京城，一路辗转。离芳村，离旧院，是越来越远了。其间，经历了很多世事。有磨难，也有艰辛。一颗心，渐渐变得粗糙和坚硬了。不见表哥，总有五六年了。偶尔也听到他的一些事情。说是因为什么问题，免了职。姐姐们的话，因为不大懂得，总是含混不清。父亲已经老了。对很多事都失去了好奇心，或者说，失去了关心的能力。总之是，在他们的传说中，表哥是落魄了。我不知道，表哥和表嫂，究竟怎样了。他们过得好吗？他们，还算——恩爱吧？我一直想打电话过去。也不为什么，只是想说一说话。拿起电话的时候，却终于又放下了。我不知从何说起。后来，也就不了了之了。有时候，会想起表哥，总是他十一二岁的样子。穿着蓝花的短裤，黑塑料凉鞋，提着一罐头瓶小鱼，在矮墙上走着。忽然间，纵身一跃，把我吓了一跳。他笑起来了。

我悲哀地感到，有些东西，已经悄悄流逝了。滔滔的光阴，带走了那么多，那么多。令人不敢深究。真的，不敢深究。我不知道，从什么时候，我已经变得越来越懦弱了。我一直不愿意承认。可是，我知道，这是真的。

真的。表哥。

付秀莹主要创作年表

· 小　说

中篇《我是女硕士》原载《特区文学》（双月刊）2008
年第 2 期

短篇《罢缺》原载《阳光》2008 年第 7 期；《文艺报》
2011 年 2 月转载

短篇《六青媳妇》原载《长城》（双月刊）2008 年第
6 期

短篇《空闺》原载《山花》2008 年第 12 期

短篇《小米开花》原载《中国作家》2009 年第 2 期；
收入《新实力华语作家作品十年选》（时代文艺出版社）

短篇《百叶窗》原载《西湖》2009 年第 4 期

短篇《灯笼草》原载《山花》2009 年 7 期

短篇《当你孤单时》原载《山花》2009 年第 7 期

短篇《跳跃的乡村》原载《黄河文学》2009 年第 9 期

短篇《迟暮》原载《黄河文学》2009 年第 9 期

短篇《爱情到处流传》原载《红豆》2009 年 10 期；
（《小说选刊》《中华文学选刊》《新华文摘》《名作欣赏》《世
界文艺》等刊选载，收入《2009 短篇小说》（人民文学出版
社），《2009 中国年度短篇小说》（《小说选刊》主编，漓江
出版社）《2009 中国小说排行榜》（《小说选刊》主编，北京
工业大学出版社），《2009 中国文学年鉴》，《21 世纪文学大
系．短篇卷》，《全球华语小说大系》（21 世纪主潮文库，张
颐武主编），《小说选刊十年选本》（漓江出版社），《中国当
代文学经典必读》（中国现代文学馆，吴义勤主编）等，获
首届中国作家出版集团优秀作品奖、首届茅台杯小说选刊年
度（2009）大奖、第三届蒲松龄短篇小说奖，收入《二十一
世纪中国文学大系》（南京师范大学出版社）

短篇《传奇》原载《钟山》（双月刊）2009 年第 5 期

短篇《现实与虚构》原载《青年文学》2009 年第 11 期

短篇《九菊》原载《朔方》2009 年 12 期

短篇《对面》原载《朔方》2009 年 12 期；《小说月报》
2010 年第 1 期选载

中篇《旧院》原载《十月》（双月刊）2010 年第 1 期，
获第九届《十月》文学奖

短篇《出走》原载《十月》（双月刊）2010 年第 1 期；收入《2010 短篇小说》（人民文学出版社）

短篇《你认识何卿卿吗》原载《大家》（双月刊）2010 年第 1 期

短篇《苦夏》原载《大家》（双月刊）2010 年第 1 期

短篇《琴瑟》原载《文学界》2010 年第 1 期

中篇《世事》原载《朔方》2010 年第 1 期；《北京文学·中篇小说月报》2010 年第 3 期选载

短篇《幸福的闪电》原载《钟山》（双月刊）2010 年第 2 期

短篇《花好月圆》原载《上海文学》2010 年第 3 期；《小说选刊》2010 年第 4 期选载；《中华文学选刊》2010 年第 5 期选载；收入《2010 中国年度短篇小说》（《小说选刊》主编，漓江出版社）《2010 中国短篇小说精选》（中国作协创研部选编，长江文艺出版社）《中国文学年鉴》（陆建德、白烨主编）《2010 年中国最佳短篇小说》（林建法主编，辽宁人民出版社）《21 世纪中国最佳短篇小说（2000 — 2011）》（贺绍俊主编，贵州人民出版社）

短篇《火车开往 C 城》原载《广州文艺》2010 年第 7 期；收入《《21 世纪中国文学大系，2010 短篇小说》（贺绍

俊主编），

　　短篇《说吧，生活》原载《广州文艺》2010 年第 7 期，获首届《广州文艺》都市小说双年奖

　　短篇《如果·爱》原载《作品》2010 年第 10 期

　　短篇《蓝色百合》原载《山花》2010 年第 10 期

　　短篇《六月半》原载《人民文学》2010 年第 12 期；《小说选刊》2011 年第 2 期选载；收入《2011 年度中国短篇小说》（《小说选刊》主编，漓江出版社），收入《2010 中国短篇小说年度佳作》（何向阳主编，贵州人民出版社），《中国当代文学经典必读》（中国现代文学馆，吴义勤主编），登中国小说学会"2010 年度中国小说排行榜"。

　　短篇《锦绣年代》原载《天涯》（双月刊）2011 年第 1 期；《中华文学选刊》2011 年第 3 期选载；收入《中国短篇小说年度佳作 2011》（贺绍俊主编，贵州人民出版社）。

　　短篇《风中有朵雨做的云》原载《朔方》2011 年第 2 期

　　中篇《红颜》原载《十月》（双月刊）2011 年第 2 期，收入《2011 中国中篇小说年选》（谢有顺主编，花城出版社）

　　短篇《蜜三刀》《红豆》2011 年第 5 期

　　短篇《三月三》《中国作家》2011 年第 6 期，获第五届《中国作家》鄂尔多斯文学奖

短篇《如意令》《江南》（双月刊）2011 年第 4 期

中短篇小说集《爱情到处流传》（中文版）作家出版社，2011 年 11 月

中篇《秋风引》，载《江南》（双月刊）2012 年第 1 期，《中华文学选刊》第 4 期、《中篇小说选刊》第 1 期选载

中篇《笑忘书》，载《十月》（双月刊）2012 年第 2 期

短篇《当时明月在》，载《芒种》2012 年第 3 期

短篇《有时岁月徒有虚名》载《光明日报》2012 年 2 月 10 日

中篇小说集《朱颜记》二十一世纪出版社，2012 年 4 月

短篇《夜妆》，载《文艺报》2012 年 7 月 9 日

中篇《无衣令》，载《芳草》（双月刊）2012 年第 4 期，《小说选刊》2012 年第 8 期选载，《小说月报》9 期选载，《作家文摘》7 月 31 日始连载。

中篇《旧事了》，载《芳草》（双月刊）2012 年第 4 期，《中华文学选刊》2012 年第 9 期选载

中短篇小说集《爱情到处流传》（英文版）美国全球按需出版集团，2012 年 9 月

短篇《那雪》，《天涯》（双月刊）2012 年第 5 期，《小说月报》第 11 期转载，收入《中国短篇小说年度佳作 2012》

（孟繁华主编）

中篇《如何纪》《大家》2013 年第 1 期

短篇《韶光贱》《文学界》2013 年第 3 期

中篇《醉太平》《芒种》2013 年第 7 期《小说月报》2013 年第 8 期转载，收入《2013 年度小说》（胡平主编）、《2013 中国短篇小说年选》（洪治钢主编）

中篇《刺》《芳草》2013 年第 5 期

短篇《小年过》《芳草》2013 年第 5 期，《作品与争鸣》2013 年第 11 期选载

短篇《曼啊曼》《芳草》2013 年第 6 期，《小说选刊》2013 年第 12 期选载，收入《2013 中国年度短篇小说》（小说选刊主编）《2013 中国小说排行榜》（小说选刊主编），《中国短篇小说年度佳作 2012》（孟繁华主编），《2013 中国短篇小说排行榜》（贺绍俊主编）

短篇《鹧鸪天》《天涯》（双月刊）2014 年第 1 期《中华文学选刊》2014 年第 3 期选载

小说集《花好月圆》出版，中国言实出版社，2014 年 1 月，入选"经典中国"国际出版工程

短篇《绣停针》《长江文艺》2014 年第 7 期，入选《2014 中国短篇小说排行榜》（贺绍俊主编，百花洲文艺出

版社）

短篇《小阑干》《十月》（双月刊）2014 年第 4 期

小说集《锦绣》出版，山东文艺出版社，2014 年 9 月

短篇《一种蛾眉》《作品》2014 年第 9 期，《小说月报》2015 年第 1 期选载，获《作品》杂志好作品奖

短篇《莺啼痕》《北京文学》2014 年第 11 期

中篇《红了樱桃》《芒种》2014 年第 12 期，《小说选刊》2015 年第 1 期选载

小说集《爱情到处流传》（台湾版）出版，台湾人间出版社，2014 年 12 月

短篇《除却天边月》，《广州文艺》2015 年第 3 期

短篇《好事近》，《文学港》2015 年第 3 期

短篇《道是梨花不是》，《青海湖》2015 年第 4 期，《小说月报》2015 年第 7 期选载

短篇《多事年年二月风》《福建文学》2015 年第 6 期

小说集《花好月圆》英文版出版，2015 年 6 月

短篇《溅罗裙》《创作与评论》2015 年第 7 期

短篇《回家》《十月》（双月刊）2015 年第 5 期，台湾联合报系北美世界日报《小说世界》转载；收入《中国短篇小说年度佳作 2015》，孟繁华主编，贵州人民出版社

短篇《定风波》《作家》2015年第10期

中篇《绿了芭蕉》《芒种》2015年第11期

《找小瑞》《芳草》（双月刊）2015年第6期

短短篇《人间四月》，《星火》，2016年第1期。

短篇《不知何事忆人间》，《大地文学》，2016年第1期。

短篇《刹那》，《回族文学》，2016年第2期。

长篇小说《陌上》，《十月》2016年第2期刊出，单行本由北京十月文艺出版社2016年10月出版。

短篇《尖叫》，《广西文学》2016年第7期，

短篇《那边》《芙蓉》2017年第1期，《小说选刊》选载，收入2017短篇年选。

中篇《秋已尽》2017年第11期，《芒种》2017年第11期，《中篇小说选刊》2017年增刊第2期选载

· 随　笔

《梦想一把柔软的刀》，《十月》2010年第1期

《如果小说是一棵树》——《世事》创作谈，《北京文学 . 中篇小说月报》，2010年第3期

《别忘记写作》，《山花》2010年第2期

《暗夜，在细雨中旅行》，《西湖》2010 年第 12 期

《在内心里越走越远》，《作家通讯》2010 年第 7 期

《谁能说出真相》——《如果·爱》创作谈，《作品》2010 年第 7 期

《语文课》，《课外语文》2011 年第 1 期

《西湖，梦，以及其他》，《西湖》2011 年第 4 期

《写作是内心的旅行》，《作品》2011 年第 3 期

《春天：和我的小说们谈谈》《作家通讯》2011 年第 5 期

《作家是寻找语言的流浪者》《光明日报》2011 年 5 月 16 日

《惟有归来是——〈蜜三刀〉创作谈》，《红豆》2011 年第 5 期

《经典在我们心中》，《回应经典：70 后作家小说选》（江苏文艺出版社）

《重新发现世界的秘密》，《小说选刊》2011 年第 11 期

《时代的隐涌及其艺术表达》，《小说选刊》2012 年第 1 期，《文艺报》2012 年 1 月 30 日

在一个人的命运中辗转难安——《秋风引》创作谈，《中篇小说选刊》2012 年增刊第 1 辑

《冲决"公共想象"的牢笼》，《小说选刊》2012年第6期，《文艺报》2012年6月15日

《流言：也说女作家》，《文艺报》2012年8月10日

《走读西吉》，《朔方》，2012年第11期

《时代精神境遇的一种隐喻》，《小说选刊》2012年第11期

《底层叙事：艺术的可能性》，《小说选刊》2012年第12期

《奇遇：短篇的馈赠与暗示》，《文艺报》2012年11月26日

《一条路究竟有多长》，《文学界》2013年第3期

《沈从文：怀抱一份动人的自负》《博览群书》2013年第5期

《芳村的现实与虚构》《文艺报》2013年6月10日

《椰子树上结椰子》《山花》2014年第5期

《多年前的烛光闪烁》《文艺报》2013年8月12日

《在城市的灯火中回望乡土》《光明日报》，2013年8月23日

《秋到上林湖》《十月》2014年第2期

忽相遇——小说集《爱情到处流传》繁体版后记台湾人

间出版社，2014 年 12 月出版

《忽然间黄昏变得明亮》《天涯》2015 年第 1 期

《采中国风，品人间味》《文艺报》2015 年 3 月 4 日

《无家可归，或者为什么还是芳村》《青海湖》2015 年
第 4 期，

《父亲与酒》《文艺报》2015 年 10 月 16 日

《她内心的风声你听到了吗》《青年文学》2015 年第
12 期

《秋的济南》《人民日报》2015 年 11 月 28 日

好小说的魔法——2015 短篇年选序言现代出版社，
2015 年 12 月出版

《遇见了大明湖》，《人民文学》2016 年第 1 期

《惊鸿一瞥的光阴》，《学习时报》2017 年 2 月 19 日

《找到回家的路》，《青年报·新青年周刊》2016 年 11
月 13 日

《唯有故乡不可辜负》，《文艺报》2016 年 11 月 16 日

《陌上》与一个时代的新乡愁，《河南日报》2017 年 1
月 9 日

《中国村庄的日日夜夜》，《光明日报》2017 年 1 月 10 日

《打春》，《光明日报》2017 年 2 月 3 日

《我与语言的私密关系》，腾讯文化 2017 年 2 月 6 日

《写尽天下人的心事》，《广州文艺》2017 年第 2 期

《多年前的电话忽然想起》《小说选刊》2017 年第 3 期

《人生看得几清明》，人民日报海外版，2017 年 4 月 1 日

《我为什么执着地书写中国乡村》，《学习时报》2017 年
8 月 4 日

《那一江春水飞溅》，《人民文学》2017 年第 8 期

《秋已尽，日犹长——〈秋已尽〉创作谈》，《中篇小说
选刊》2017 年增刊第 2 期